李文郑 主编
李文郑 宋存杰 选编

【中华实用对联系列】

实用对联新编

中州古籍出版社

图书在版编目(CIP)数据

实用对联新编/李文郑主编;李文郑,宋存杰选编.—郑州:中州古籍出版社,2013.1(2019.11重印)
ISBN 978-7-5348-4124-8

Ⅰ.①实… Ⅱ.①李… ②李… ③宋… Ⅲ.①对联-作品集-中国 Ⅳ.①I269

中国版本图书馆 CIP 数据核字(2013)第 008027 号

出版社:中州古籍出版社
（地址:郑州市郑东新区祥盛街 27 号 6 层　邮编:450016）
发行单位:新华书店
承印单位:河南文华印务有限公司
开本:890mm×1240mm　A5　　印张:12
字数:210 千字　　　　　　　　印数:16 001-19 000 册
版次:2013 年 1 月第 1 版　　　印次:2019 年 11 月第 7 次印刷

定价:18.00 元
本书如有印装质量问题,由承印厂负责调换。

前　言

　　写对联，贴对联，是我们中华民族流传久远的独特传统文化现象，历千余年而不衰。其中，最具有代表性的，当数最为隆重的传统节日——春节到来时的春联，简直是全民族大动员。地无论东西南北，家无论贫穷富裕，家家户户、里里外外，从大门到正房门、厢房门、厨房门（包括门框、门头），到房间里的方桌、条几、蜡台、灶台，从粮食囤到牲口棚，从织布机到大小车辆……到处是红彤彤一片，用以渲染节日气氛，表达美好祝愿；甚至家中刚办过丧事，也要写春联、贴春联，当然，这又有另一番讲究，如亲人刚去世时贴白色对联，亲人去世后一年贴绿色对联，亲人去世后两年贴黄色对联，满三年后就贴红对联。集镇上的商家店铺、大大小小的企业，即使春节暂时关张，也不忘在门上贴好对联，希望来年生意更红火。此外，农民一生中大事之一的建新房，也几乎都写对联，且很讲究，如奠基时就开始写对联、贴对联，上梁时也必须有对联，新居落成和乔迁之日，更得有对联。

　　但是，同时我们也发现，人们常用的对联，包括春联、挽联、建房迁居联、商业店铺联、工厂企业联等，都程度不同地存在着一些问题，较突出的大约有以下几点：一是内容比较陈旧，不知道已经流传了几代的各种对联，还在大行其道。二是通用的多，贴切的少，有个性的更少。三是不少对联不像对联，或者根本就不是对联。由于历史的原因,现在真正懂得对联常识的人越来越少,于是写出的对联、印出的对联,很多不符合对联的基本要求,即基本格律。四是时代发展了,有的行业消失了,而新的行业在不断涌现;有的传统观念陈旧了(如多子多福等),而新思想、新事物和新语汇不断涌现(如互联网、手机、微博等),但是对联的表现内容却往往未能及时跟上。

这些问题,如果没有人去解决,长此以往,作为我们的国粹的对联,将面临危机,以至消亡。

我们编这个对联集子,就是想做点力所能及的工作。

第一,尽量选些新对联(但也收入部分有较强生命力的传统对联),显示出时代气息。

第二,尽量分类细一些,让人们使用起来针对性强一些。如婚联,除了通用婚联外,再分为四季婚联、姓氏婚联、嫁女用婚联、招婿用婚联、集体婚礼用联、复婚用联、续娶用联、老年婚联、同学婚联及洞房用婚联,等等。

在行业联的分类编排上,也试着突破对联界以往的行业联的分类办法,努力体现时代特色,自觉遵循现行的国家标准和规范。

第三,所选对联,都符合对联的基本格律,能充分展示对联的艺术魅力,让读者在认识其实用价值、装饰作用的同时,领略其对称的美、韵律的美;也是出于这个考虑,书后安排了附录《对联概论》,或许会对读者正确认识对联进而学习创作对联有点帮助。

要说明的是:本书所收对联,除自己创作的以外,还参考了数十种对联书籍和报刊,有的一副对联有几个出处,未及一一注明。

您对本书有什么意见和建议,请不吝赐教。

李文郑　宋存杰
2012 年春寒时节于郑州

目 录

春 联 …………………………………………… 1
通用春联 ………………………………………… 1
生肖春联 ………………………………………… 36
鼠年(36) 牛年(37) 虎年(38) 兔年(39) 龙年(41)

蛇年(45) 马年(46) 羊年(49) 猴年(51) 鸡年(53)

狗年(54) 猪年(56)

"春"字横批 ……………………………………… 57
家用春联 ………………………………………… 58
大门(58) 重门(63) 后门(65) 房门(65) 客厅(68)

书房(69) 厨房(71) 粮囤(72) 禽畜(73) 车辆(73)

军属(74) 烈属(75) 五保户(76) 横批(76)

节日联 …………………………………………… 78
传统节日 ………………………………………… 78
立春(78) 元宵节(78) 寒食节(80) 清明节(81)

立夏(81) 端午节(81) 立秋(82) 七夕(82)

中秋节(83) 重阳节(84) 立冬(85) 横批(85)

现代节日 ………………………………………… 85
学雷锋纪念日(85) 三八妇女节(86) 植树节(86)

五一劳动节(87) 五四青年节(88) 护士节(89)

六一儿童节(90)　中国共产党成立纪念日(90)

　　　八一建军节(91)　教师节(92)　国庆节(93)

　　　辛亥革命纪念日(94)　横批(95)

行业联 ·· 96

　　农林牧渔业 ·· 96

　　　农业(96)　林业(102)　牧业(109)　渔业(112)

　　　横批(115)

　　工矿制造业 ·· 116

　　　通用(116)　采矿业(117)　制造业(121)

　　　电力、燃气及水的生产和供应业(132)　建筑业(133)

　　　横批(137)

　　流通服务业 ·· 137

　　　通用(137)　交通运输和邮政业(140)

　　　信息传输服务业(144)　批发和零售业(145)

　　　住宿和餐饮业(157)　金融业(160)

　　　科技服务和地质勘查业(164)

　　　水利、环境和公共设施管理业(166)　居民服务业(172)

　　　教育(177)　卫生和社会福利业(182)　文化、体育业(191)

　　　公共管理和社会组织(194)　流通商贸业横批(206)

　　　文化教育科技业横批(207)　财经金融业横批(208)

　　　公共管理业横批(208)

宗教联 ··· 209

　　佛教 ··· 209

　　道教 ··· 211

　　伊斯兰教 ·· 212

　　基督教 ·· 213

横批··214

喜庆联··216

　　婚　联··216

　　　　通用(216)　四季婚联(220)　姓氏婚联(225)　嫁女(228)
　　　　招婿(229)　集体婚礼(230)　复婚(231)　续娶(232)
　　　　老年婚联(233)　夫妻同学婚联(234)
　　　　夫妻同龄婚联(235)　洞房(235)　横批(237)

　　寿　联··238

　　　　通用(238)　男寿(243)　女寿(251)　男女双寿(258)
　　　　敬老院(264)　横批(265)

　　生　育··266

　　　　生子(266)　生女(269)　生双胞胎(270)　生孙(270)
　　　　生曾孙(271)　横批(271)

　　建房迁居··272

　　　　奠基(272)　上梁(273)　落成(274)　迁居(277)
　　　　山乡(284)　水乡(289)　楼阁(294)　横批(295)

挽　联··296

　　通　用··296

　　　　挽男(296)　挽女(304)　横批(308)

　　专　用··309

　　　　挽祖父(309)　挽祖母(309)　挽外祖父(310)
　　　　挽外祖母(311)　挽父(311)　挽母(313)　挽父母(315)
　　　　挽岳父(315)　挽岳母(316)　挽伯父、叔父(317)
　　　　挽伯母、婶母(318)　挽姑父(318)　挽姑母(319)
　　　　挽舅父(319)　挽舅母(319)　挽姨父(320)　挽姨母(320)
　　　　挽兄(320)　挽嫂(321)　挽夫(321)　挽妻(322)

挽师(323)　挽友(325)　挽同学(326)　挽同事(327)
横批(328)

题赠联……………………………………………………329
　励　志……………………………………………………329
　修　身……………………………………………………331
　治　学……………………………………………………337
　持　家……………………………………………………345
　自　策……………………………………………………348
　共　勉……………………………………………………352

附　录……………………………………………………358
　对联概论…………………………………………………358

春　联

通用春联

一元复始　　　　　　八方进宝
万象更新　　　　　　四季招财

一声炮响　　　　　　八方锦绣
万里春回　　　　　　万里光辉

人欢马叫　　　　　　九州风暖
国富民强　　　　　　万里春明

人勤物阜　　　　　　九州生瑞
地利民和　　　　　　四海腾欢

人勤春早　　　　　　九州永泰
家睦年丰　　　　　　四季长春

九州安定　　　　　千年福运
万户吉祥　　　　　万里春光

三阳开泰　　　　　千峰月色
万物争春　　　　　四海春光

三江春水　　　　　天开长乐
五岳青松　　　　　人到恒春

三春长在　　　　　天开淑景
五福有余　　　　　人乐丰年

三春放彩　　　　　天开景运
五福生根　　　　　人贺长春

山川竞秀　　　　　无边春色
物我皆春　　　　　有福人家

山川锦绣　　　　　无情岁月
岁月峥嵘　　　　　有福江山

山欢水笑　　　　　五风十雨
物阜民康　　　　　万紫千红

山清水秀　　　　　风光胜旧
柳暗花明　　　　　岁序更新

风吹绿柳
雪兆丰年

风和云静
日暖花香

风和日丽
物阜年丰

风调雨顺
人寿年丰

风梳绿柳
雨润青山

心头景美
窗外梅红

心存四海
手绣三春

心怀世界
志在农村

东风化雨
政策归心

东风拂户
喜气盈门

东风解冻
春日载阳

四时如意
万事遂心

四时吉庆
八节安康

四时安泰
五谷丰登

吉星永照
好运常临

百花吐蕊
万里迎春

百花贺岁
万象更新

百花献瑞
五福呈祥

岁当盛世　　　　红梅吐蕊
人遇华年　　　　绿竹催春

岁逢大有　　　　红梅点点
民盼小康　　　　春意融融

年年吉庆　　　　红梅映日
岁岁平安　　　　绿柳催春

年年康泰　　　　红梅献瑞
岁岁吉祥　　　　白雪迎春

华灯飞彩　　　　红楼旭日
喜炮迎春　　　　绿柳阳春

江山永固　　　　阳春昭物
吉庆有余　　　　淑气宜人

江山如画　　　　阳春载福
天地皆春　　　　和气致祥

江山秀丽　　　　花开富贵
人物风流　　　　竹报平安

江山秀美　　　　花开锦绣
科技辉煌　　　　雪送吉祥

花迎喜气
鸟唱春光

抬头见喜
拱手迎春

国兴善政
民贺新春

和风入户
喜气盈门

和风梳柳
春雨润心

和风喜雨
瑞霭春光

河山溢彩
华夏增辉

春风杨柳
瑞气芝兰

春风送暖
瑞雪招财

春风浩荡
国运昌隆

春归大地
人在尧天

春光似海
盛世如诗

春回禹甸
福满人间

春回柳眼
喜上梅梢

春临大地
福满神州

春盈大地
爱洒人间

春燕剪柳
喜鹊登梅

香飘四季
春满九州

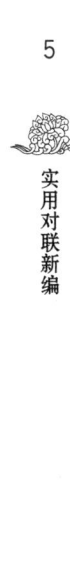

香飘四海
喜到千家

一江春水暖
万户对联红

祥云瑞雪
喜雨和风

一枝梅傲雪
万里柳摇春

祥开舜日
福到尧天

一畦春韭绿
十里杏花红

梅开五福
竹报三多

人人歌盛世
处处庆丰年

梅开盛世
雪兆丰年

人间多美景
大地好春光

新春如意
美景舒心

人随春意泰
年共日华新

新春快乐
盛世文明

人随春意泰
年共晓云祥

一天如意锦
满地迎春图

人勤生百巧
心正值千金

一曲迎春至
三杯祝福来

八方春浩荡
四海景妖娆

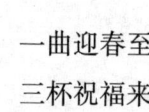

九天紫瑞气
四野沐春风

九州归一统
两岸共千春

九州春似锦
四海喜如潮

九州歌舜日
四海颂尧天

三春布德泽
万物生光辉

三春多秀丽
四海竞妖娆

大地春风暖
农民幸福多

大地春光艳
农村气象新

万里春光满
千家瑞气新

万家飞笑语
四海庆新春

万紫千红地
花团锦簇天

山水含春意
风云入壮图

山乡增秀色
农户沐春晖

山河添秀色
田野浴春晖

千山浮翠色
万户满佳音

千家春不夜
万里月长明

千家腾笑语
四海庆新春

丰年飞瑞雪
好景舞春风

实用对联新编

天开新岁月
人改旧乾坤

中天驰丽日
大地沐春晖

天心随律转
人事逐年新

化雨千山果
和风万户春

天地英雄气
风云浩荡春

升平天下瑞
安定世间春

天放三春景
人描四海图

仓中才积玉
垄上又耕春

云霞呈异彩
梅柳动春风

正月初临福
丰年又报春

日月开新纪
田园入画图

东风吹绿柳
瑞雪兆丰年

日出千山秀
花开万里春

东风扬正气
笑语鼓春潮

日照三春暖
花开四海香

东方浮紫气
北国普春光

日新歌盛世
岁转庆丰年

田园无限景
天地有余年

四时花似锦
万众面皆春

四序开新律
九州庆大年

四海连天浪
九州动地诗

冬去留诗意
春来展壮图

芝兰舒化日
桃李沐春风

芝兰添喜色
梅柳报新春

地暖花长发
村幽鸟任歌

百花开四野
双燕入千家

有天皆丽日
无地不春风

同心兴大业
携手振中华

同饮迎春酒
互传致富经

同奔幸福路
共享太平年

岁月开新纪
田园入画图

岁岁平安日
年年如意春

华光春日丽
瑞色紫云高

全民歌善政
举国庆新春

江山千古秀
花木四时春

江山千里秀
乡野万家春

江山添秀色　　　　花开春富贵
天地换新颜　　　　竹报岁平安

兴邦创大业　　　　花迎春雨艳
强国绘新图　　　　禾沐惠风娇

欢度九州节　　　　花谷一泉唱
放歌四海春　　　　果山百鸟欢

阳光铺大地　　　　花香春正好
春色满人间　　　　燕语日初长

红花香万里　　　　杨柳随春绿
春雨润千山　　　　江山映日娇

红雨桃千树　　　　青山四面景
春风柳十围　　　　绿柳万家春

红梅因雪放　　　　青山拥旭日
喜鹊为春歌　　　　碧水泛春潮

红梅传喜讯　　　　国家行善政
紫燕唱春歌　　　　民众享康宁

红梅香小院　　　　国强民富裕
喜鹊报新春　　　　日暖花繁荣

和风催柳绿
春雨润花红

和声鸣盛世
春色满神州

春风回大地
红日照中华

春风吹大地
旭日耀神州

春风吹柳绿
好雨润桃红

春风吹绿野
时雨润青苗

春风芳草地
喜雨杏花天

春风拂锦绣
紫气接楼台

春风添画意
好雨赋诗情

春风舒柳腕
红日启桃腮

春好物同好
节闲人不闲

春来花世界
雪落玉乾坤

春染一片绿
花开万朵红

柳色黄金嫩
梅花白雪香

柳絮随风舞
桃花伴雨开

柳润春烟翠
桃含晓露红

祖国江山固
人民日月长

祖国春常在
人民福自多

神州开玉宇
华夏架金桥

勤是摇钱树
俭为聚宝盆

艳阳照大地
春色满人间

福星光灿烂
春节景妖娆

笔绘丰收景
笙歌大有年

新风盈盛世
春色满神州

雪飞梅吐艳
春暖柳垂青

满院春色美
一树梅花香

雪压梅花白
春归柳叶青

翠竹添新笋
红梅报早春

雪兆丰收景
梅开锦绣春

横琴歌岁月
把酒话桑麻

梅报平安信
燕传如意春

燕语迎春早
莺歌祝福多

喜庆新春节
笑迎大有年

人寿年丰福满
花香柳绿春浓

腊尽千家暖
春回万物苏

大水流为九曲
春风又是一年

万紫千红争艳
五湖四海同春

万里风和日丽
千家燕语莺歌

日丽风和春艳
龙腾虎跃人欢

风展红旗似画
春来绿水如蓝

田野春光真好
农家岁月更新

冬去山明水秀
春来鸟语花香

民富国强盛世
花明柳暗新春

共庆春回大地
同迎喜到人间

好山好水好景
新春新岁新人

春种满田碧玉
秋收遍野黄金

祖国山明水秀
中华人杰地灵

海晏河清盛世
花香日暖春浓

眼下小桥流水
胸中大业宏图

一天春雨红梅笑
万里东风翠竹摇

一元复始三江美
万象更新五岳雄

一双紫燕迎春舞
数点红梅透雪香

一年生计勤商酌
无限春光任剪裁

一抹云霞呈秀色
万条杨柳带春晖

一派生机迎晓日
万家灯火庆新年

一派春风除积弊
数枝梅蕊庆新春

一盏满斟祥与喜
全家同庆富而康

一犁喜雨随春至
万里和风待雪归

一湾碧水垂杨柳
十里春风听画眉

十分春色千山秀
一带炊烟万户新

十分春意迎新岁
万里宏图抒壮怀

十里春风传喜讯
一湾碧水唱丰年

人欢马叫升平世
燕语莺歌锦绣春

人行正道家兴旺
党树新风国富强

人寿年丰新岁月
梅香雪瑞好风光

人世古今和为贵
家庭上下孝居先

人面如花千朵笑
春风似酒四时香

人逢礼貌文明世
花放风和日暖春

人逢盛世千家喜
国沐朝阳万事兴

人逢盛世心欢畅
岁值华年国富强

人强马壮康宁日
囤满仓流富裕年

几行绿柳千门晓
一树红梅万户春

几点梅花几点雨
半含冬景半含春

九天日月开新景
万里笙歌唱太平

九州改革开新宇
百业兴隆报好春

九州春色来天地
四海宏图壮古今

又是一年芳草绿
依然十里杏花红

三阳开泰春无限
五谷丰登岁有余

三春喜庆三阳泰
五谷丰登五福来

大地春光红艳艳
神州佳节乐陶陶

大地春回花竞放
高天日出鸟争鸣

大地复苏春似锦
国家昌盛喜盈门

万木争荣五岭碧
千帆竞发一江春

万水千山凭鱼跃
五湖四海任龙腾

万年枝上春常在
五色云中日永明

万里江山春浩荡
一天云锦日光辉

万里江山凝秀色
满园花木竞朝晖

万里春风铺锦绣
九天日月庆光华

万松岭上梅千树
百鸟声中酒一杯

万点梅红春露脸
千家酒绿福归心

万顷银波连绿野
一江春水泛红英

千岭梅花回暖意
一江绿水送春潮

万顷嘉禾盈瑞气
千株硕果笑东风

千秋古国千秋画
一代天骄一代诗

万树欣随春水绿
百花争向艳阳红

千秋岁月千秋画
万里江山万里春

万管玉箫歌盛世
千枝妙笔赞新风

千秋伟业千秋韵
一树红梅一树诗

山欢水笑人心畅
燕舞莺歌春意浓

千秋事业英雄气
万里山川日月光

山河竞绣丰年景
天地同歌盛世春

门上一张颠倒福
世间千里纵横春

山清水秀春常在
人寿年丰福永存

飞雪千山北国瑞
朝阳万里东方娇

千山叠翠千山画
万水扬波万水琴

丰收年景千家乐
锦绣江山万里春

千村画栋连云起
四季鲜花遍地开

丰衣足食农家乐
万紫千红大地春

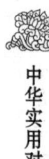

天开美景春光好
人庆丰年节气和

天降甘霖滋五谷
国施惠政泽千家

无限生机来大地
满园春色映神州

无限阳春回大地
几番瑞雪兆丰年

无意东风花半露
有情春色燕双飞

云灿星辉皆是瑞
湖光山色最宜春

五风十雨农家乐
万紫千红大地春

五光十色九州景
万紫千红四海春

五色云中升晓日
万年枝上动春风

五岭山歌传喜讯
三江渔唱起春潮

五湖四海春潮荡
地北天南甘露香

五福堂前呈瑞彩
万年枝上闹春光

太平世界家家福
锦绣河山处处春

太平有象人同乐
天地无私物自春

日月光华歌复旦
云霞灿烂乐长春

日出神州张正气
春来大地展宏图

日丽千山生瑞草
春来万水泛清波

日丽江山生瑞草
春来华夏绽奇花

日丽神州春色永
风苏大地岁华新

长风劲送千帆远
瑞鸟齐鸣万木荣

长空溢彩春风绿
大地流金日月红

风日晴和辞旧岁
江山秀丽展新姿

风吹嫩柳千门绿
雨润夭桃万里红

风和日丽九州艳
鸟语花香四季春

六出飞花千里喜
一声爆竹万家春

六合同春福气盛
三阳启泰紫云腾

心事焉能终日在
春光不许一人闲

心情欢畅枝头鹊
日子火红檐下椒

东风一过千山绿
南燕双归万户春

东风已绿南疆草
春信又开北国梅

东风习习千丝绿
旭日彤彤万里春

东风送暖家家暖
瑞雪迎春处处春

东风骏马阳关道
春水朝阳富裕家

归梦一轮台海月
放怀百里故园春

四序花开香四季
三阳泰启乐三春

四面八方传喜报
千门万户沐春晖

四海春光随处好
一天甘露应时新

四海皆春春不老
九州共乐乐无穷

白雪红梅增画意
青山绿水动诗情

白雪银枝辞旧岁
和风喜雨兆丰年

冬去红梅迎瑞雪
春来绿柳舞和风

冬去犹留诗意在
春来又入画图中

冬雪已融千里翠
春晖更沐万山荣

鸟去鸟来春色里
人歌人唱乐声中

鸟寻花径知春到
鱼跃龙门带雾飞

鸟鸣花艳春光美
人寿年丰喜事多

鸟识新机随日至
燕寻旧主带春来

吉气祥光开泰运
春风美景乐平安

百鸟争鸣歌盛世
千山竞翠迓阳春

百花争艳山川秀
群鸟欢歌岁月新

光景平安千载好
山河秀丽四时新

岁月逢春花满地
人民得福乐盈门

岁岁平安家家富
年年快乐处处春

岁盼丰收人盼富
民思安定国思强

岁逢大有春焕彩　　花开富贵千家喜
民步小康日增辉　　灯照吉祥百姓欢

年年大有年年喜　　花放阶前春意满
处处小康处处春　　柳临江上惠风和

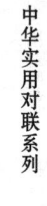

朵朵红梅迎雪笑　　花香先报平安福
双双紫燕伴春归　　鸟语又传富贵春

江山永固风云壮　　花能解语迎人笑
日月常明天地新　　草不知名随意生

江山和乾坤共岁　　花绽东风香万里
祖国与天地同春　　柳抒时雨绿三分

江边柳线迎春绿　　芳草春回依旧绿
门上桃符耀眼红　　梅花时到自然红

江南日暖梅先放　　杏雨倾情斟美酒
塞北秋高菊后开　　春风做客醉新村

红梅斗雪祥光满　　时雨点红桃千树
翠柳迎春紫气腾　　春风吹绿柳万枝

红梅吐蕊迎春节　　时雨染成千里绿
喜鹊登枝报丰年　　春光不使一人闲

时和景泰迎新岁
月异日新步小康

青山不语花含笑
绿水无声鸟唱歌

青山乐打随心鼓
绿水常弹如意琴

青山秀水春常在
人寿年丰福永存

青山林茂千重翠
碧野粮丰万簇金

幸福人生春细品
和谐岁月爱长流

幸福已随新节至
吉祥又向早春来

幸福花开迎百福
吉祥鸟唱报千祥

幸福国家幸福曲
文明社会文明人

国运兴隆千里福
民情快乐万家春

国富民强人幸福
风调雨顺岁丰收

国富民强逢盛世
花开日暖乐芳春

松竹梅岁寒三友
桃李杏春风一家

松柏千年增美景
河山万里起宏图

金鸡晓唱千家喜
白鹭晨飞万户春

金莺织柳千门晓
喜鹊登梅万户春

金涛绿浪丰收景
翠柳红桃锦绣春

河边柳叶迎春绿
门上桃符映日红

细雨无声滋大地
和风有意暖人心

春风得意开柳眼
爆竹知音绽花心

细雨和风飞燕子
娇杨嫩柳唱黄莺

春风得意花增色
丽日抒怀柳泛烟

春天脚步梅先觉
大地情怀农最知

春风得意吹千里
旭日扬辉暖万家

春风刚酿一坛酒
杏雨又吟万首诗

春风暖送千丛绿
旭日光生万户和

春风拂绿千门柳
好雨催开万径花

春风播福开新景
和气致祥乐盛时

春风春雨春光美
新岁新年新事多

春在绮窗梅娇艳
燕窥藻井雪消融

春风南国来鸿雁
旭日东方起大鹏

春光明媚百花地
祖国富强一统天

春风送暖先舒柳
天意驱寒早放梅

春光堂上初来燕
细雨庭前乍绽花

春风送暖燕裁柳
瑞雪迎春蝶恋花

春回大地千山秀
日暖神州万木荣

春回翠柳红花地
日暖白云紫气天

春到自然山有色
时来无处不开花

春色不随流水去
花香时送好风来

春种满园皆碧玉
秋收遍野尽黄金

春好尤逢形势好
物新更庆岁华新

春盈大地群芳艳
福满人间举国欢

春花消息寒梅报
芳草萌芽细雨催

春酒三杯斟福寿
红联一副颂锤镰

春来也梅先得色
时至矣兰自生香

春情寄语千行柳
壮志挥鞭万里程

春来芳草依旧绿
时到梅花自然红

春随白雪红梅到
福自东风喜雨来

春住雕楼同燕语
门红倒福用心裁

春联换尽千家旧
爆竹催开万象新

春雨丝丝荣草木
红梅点点绣河山

春满乾坤来瑞鹤
花开锦绣映青松

春雨染成千里绿
东风吹得百花红

茧花结出丰收果
汗水汇成幸福泉

柳眼桃腮舒化日
莺歌燕舞闹春光

绣户千门书锦对
春风一笛壮龙吟

柳绿三江四海绿
梅红五岳千山红

梅为造物妆新色
鸟代春光报好音

柳摇天暖风增秀
春早梅开雪散香

梅红塞北普天彩
柳绿江南遍地春

济困扶贫春领队
兴农致富土生金

梅含秀色三江碧
柳拂朝阳四海春

神州共庆升平世
大地同歌幸福年

梅和腊雪调新色
花引东风入旧枝

桃红李白春消息
水绿山青画素材

雪化红梅呈异彩
春归绿柳发新芽

桃红柳绿千村秀
结彩张灯万户春

雪映红梅千山秀
鹤伴青松万里春

积善尊贤人尚德
铭诚守信户争春

雪消路畔山山绿
花放窗前月月红

笔蘸民情和作序
春歌心语笑扬眉

雪感天时飞捷报
柳随人意舞东风

雪融丽日春风里
花放青山绿野中

喜看盛世花千树
笑饮丰年酒一杯

盛世春风苏万物
艳阳紫气到千家

惠政全凭经国手
农人也是弄潮儿

接天瑞雪千家乐
献岁梅花万里香

瑞日祥光堆锦绣
大河春色尽妖娆

啄檐燕语一声暖
拂面春风万里新

瑞雪传丰收喜讯
红梅报致富佳音

剪柳金莺喧暖日
穿堂玉燕舞春风

瑞雪迎春春日丽
心歌祝福福音多

烟花竞放争头彩
梅蕊齐开拜早年

勤劳门第春风暖
俭朴人家美景长

绿柳舒眉迎盛世
红桃开口唱丰年

勤劳育出摇钱树
节俭换来聚宝盆

喜庆新春轻起舞
躬逢盛世快加鞭

鹊传喜讯家家乐
风送佳音处处歌

喜到人间家家喜
春归大地处处春

路从棉海粮山起
福自银锄铁臂来

新天新地新图美　　　爆竹穿空春入画
春水春山春意浓　　　烟花织锦燕题诗

新年新岁丰收景　　　爆竹春雷同激越
春雨春风改革潮　　　烟花杏雨共缤纷

新图美景花尤艳　　　一代英豪九州生气
佳节良辰酒更香　　　八方锦绣四季吉祥

福寿无边传万代　　　一派生机阳春有脚
阳春有脚进千家　　　满天异彩瑞气无边

福满人间家家福　　　九域春风莺歌燕舞
春回大地处处春　　　三江细雨虎跃龙腾

碧水青山千里秀　　　大地回春江山聚秀
红楼绿树万家春　　　高天焕彩日月增辉

檐前燕子频衔福　　　大地欢欣春回有意
院后枝头又挂春　　　前程广远日进无疆

爆竹千声歌盛世　　　万里河山日新月异
红梅万点报新春　　　九州儿女志壮心红

爆竹声声辞旧岁　　　万紫千红百花齐放
红梅朵朵庆新年　　　三江四海五谷丰登

万紫千红满园春色
五湖四海遍地新风

云献吉祥星连福寿
花开富贵竹报平安

霞蔚云蒸风和日暖
国强民富人寿年丰

日丽风和山欢水笑
时清岁泰国富民强

日丽风和百花争艳
地灵人杰万众同欢

日暖风和鸟飞鱼跃
月圆花好人寿年丰

日暖神州光辉万里
春回大地气象一新

水色山光阳春万里
花香鸟语丽景九州

布谷鸣春人勤物阜
瑞狮舞彩国富民丰

北国南疆八方锦绣
春华秋实四季芬芳

四海同心惠风和畅
万民共庆化日舒长

白雪迎春东风送暖
红旗引路美景迷人

冬去神州山明水秀
春来大地鸟语花香

鸟语花香人勤春早
风和日丽民乐年丰

光辉日月光辉永照
幸福家庭幸福长存

当代英雄耀今振古
新兴事业继往开来

岁岁迎春年年如意
家家纳福事事吉祥

旭日祥云千门竞盛
春风细雨万物争奇

启户迎春春光扑面
抬头见喜喜气满堂

乘东风勇破万里浪
立大志再登一层楼

画里江山飞花点翠
枝头梅鹊斗艳争奇

笑舞东风松梅竞秀
喜沾春雨桃李争妍

国正芳年家图大业
人辞旧岁民盼小康

倒海移山豪情永在
改天换地乐趣无穷

春雨春风春花春月
新天新地新事新人

谈丰收已穷千里目
订规划更上一层楼

春雨春花宜人春色
新时新事治世新风

雪落花间红铃画里
春来陌上绿染心头

春到神州百花吐艳
香飘原野万物生辉

喜盈门天乐人同乐
春及第花开心亦开

春暖风和五星光耀
花团锦簇四季香飘

爆竹千声同辞旧岁
梅花数点独报新春

祖国山河日新月异
人民事业地久天长

一阵爆竹庆民康国泰
三杯春酒祝人寿年丰

祖国风光前程似锦
神州事业满目皆春

一畦春光融八方锦绣
九天晓日灿五彩云霞

大地播春光山清水秀
神州添美景姹紫嫣红

创业靠英才惠兰并茂
拓荒看异彩桃李争春

万户千村红日曈曈照
八方四面凯歌阵阵扬

旭日升东方光弥宇宙
百花开大地春满人间

万紫千红满园皆春色
五风十雨遍地尽朝晖

好趁东风追两轮日月
还凭妙手织七彩云霞

日丽风和喜绘九州景
山欢水笑同歌四海春

幸福如花自家中绽放
和谐似玉从邻里润开

日挂中天普照千山碧
春回大地同描四海清

春雨春风引万般春色
新年新岁开一代新风

水秀山清风光日日丽
年丰人寿喜事天天增

家有聚宝盆招财进宝
院栽摇钱树致富生钱

火树银花春藏欢乐处
生龙活虎福在健康中

致富多门勤劳乃根本
生财有道诚信为先行

东风抽绿枝一元复始
大地迎春雨万物昭苏

彩笔绘三春春回大地
心歌唱四海海泛金波

百花次第开各依物候
五谷先后种不违农时

绿水长流百姓年年富
青山不老神州处处春

喜上眉梢碧水翻高岭
春回大地荒山着绿装

八音响彻八方八方致富
七色光临七曜七曜增辉

窗含一剪梅梅开眼笑
门进双飞燕燕舞春来

人寿年丰生活越来越好
风和日丽春光如画如诗

瑞气满神州青山不老
春风吹大地绿水长流

万里江山共乐尧天舜日
九州草木常沾时雨春风

锣鼓喧天共奏文明曲
风雷动地同抒建设情

日丽风和绣出山河似锦
年丰物阜迎来天地皆春

翠竹摇风喧千林翠鸟
红梅映日吐万树红霞

出外打工带好平安上路
返乡过节揣着幸福回家

撷盛纪梅花同圆富梦
揽新年霞彩共醉春心

乐事无边万户福星高照
太平有象一天瑞雪纷飞

爆竹两三声人间改岁
梅花四五点天下皆春

外引内联开发一方热土
前赴后继涌来四海英贤

一气转洪钧九州添锦绣
八方凭政策五谷报丰收

庆新春愿年年风调雨顺
迎佳节祝处处人寿年丰

一曲瑶琴以报九如气象
九州鼍鼓同祈一统中华

杏雨飞红喜织千家春色
和风送绿巧裁万里祥光

何处寻春鸟语花香鱼跃
应时问福家祥人寿年丰

最欢迎按方针政策办事
更希望以公仆精神待人

纵酒吟小康岁尽良宵醉
放歌奔大有年开旭日红

辞旧岁欢声齐唱三春曲
迎新春彩笔细描四海图

穷山沟再不愁油盐柴米
庄稼汉也酷爱书画琴棋

意快心宽畅话古今中外
衣丰食足不愁春夏秋冬

柳绿桃红都是革新气象
鸢飞鱼跃无非奋斗精神

翠竹红梅点染光明世界
青松白雪簇拥秀丽河山

浩浩东风吹绿无边田野
融融春日映红万里江山

鞭炮声声震去因循守旧
春联副副迎来改造革新

展笑颜山笑水笑人民笑
迎新岁天新地新事业新

爆竹声声欢庆民安国泰
桃符处处放歌人寿年丰

雪映梅红开放千般神韵
柳生烟绿升腾万种风情

一元复始瞩目欣看春来早
万象更新欢心敢笑燕归迟

跃马扬鞭一鼓九州生气
闻鸡起舞再绘四海宏图

人似春风年年得意年年旺
业如翠竹节节繁荣节节高

喜事千桩件件关乎百姓
春风万缕丝丝吹向三农

人寿年丰江南塞北家家乐
山清水秀海角天涯处处春

万水逢春五岭三山皆吐翠
百花得意千红万紫竞争春

日丽山川八表光开春气象
风和梅杏九州人乐岁康宁

万物方苏白雪每逢紫气尽
一枝独有红梅早向东风开

日丽风和紫燕衔来五岭绿
云蒸霞蔚黄莺唤醒九州春

万树红花几度东风迎暖至
千行绿柳一天好雨伴春来

日丽神州桃红柳绿风光好
春回大地燕舞莺歌景色新

大地回春千山披翠千山美
东风送暖万水扬波万水欢

日照神州五岳三山同起舞
春催科技千军万马竞攀登

大展宏图春色满园迎丽日
勇挑重担丹心一片献家乡

水笑山欢人勤春早年年富
花香鸟语国泰民安日日新

山美水美风光美宏图更美
人新事新时代新伟业长新

乐事无边万户春灯辉五夜
太平有象一天瑞雪兆三丰

千秋伟业三个文明同建设
一幅宏图九州儿女共承担

冬去春来千条杨柳迎风绿
民安国泰万里江山映日红

天下皆春长街喜看巨龙舞
人间改岁曲巷欣闻爆竹鸣

再展宏图四海皆欢春早到
频传捷报九州共喜岁常新

无限春光谁敢偷裁留自用
及时甘雨偏能普降助君耕

百卉争荣大地江山皆秀色
九州奋发中华人物尽风流

打扮春天妹妹新衣淘网络
添加喜气婆婆巧手织微博

岁月峥嵘九州化雨千山绿
江山锦绣六合春风万物苏

行新政育新人新风开万代
迎春光绘春景春色耀千山

旭日耀辉满目韶光昭世界
春风送暖弥天紫气福人间

红日彤云纵横物与天然美
丰年足岁俯仰人随国步新

芳草回春五湖四海皆美景
梅花映日万紫千红尽祥光

丽日蓝天万树繁花争早放
红旗大道千骑骏马着先鞭

时尚一新闻见多为快意事
春风满面相逢尽是舒心人

画栋连云燕子重来应有异
欢歌遍地春光常驻不须归

国运昌隆五谷丰登歌大有
春光明媚千家和好乐升平

国富家富集体富九州皆富
山新水新天地新万象更新

春从何处来共沐和风甘雨
花自此时发欣看绿柳红桃

春雨潇潇沃野千重翻绿浪
暖风阵阵良田万顷荡金波

柳拂春风马蹄得意奔新路
云开丽日鹊舌顺心报好音

祖国繁荣人寿年丰歌盛世
乡村秀丽风调雨顺庆升平

海晏河清渔岛千家歌盛世
时和岁泰山区万户颂尧天

润雨牵丝巧编大地新春景
和风奏乐高唱中华正气歌

绿柳垂金又是一程风景好
青山献玉依然十里杏花红

喜大地百卉迎春纷呈异彩
看今朝八仙过海各显神通

冬去春来喜神州现千姿百态
梅开雪化看大地呈十色五光

喜气融融喜听爆竹声声喜
春潮滚滚春到人间处处春

甘雨播丰年十亿人民沾润泽
春风苏大地万千桃李吐芳菲

葵心向阳无边芳草连天碧
酒浆祝岁不尽长江遍地春

百鸟聚山林同歌四海风光好
群芳铺大地齐颂九州景色新

腊鼓催春华堂共饮丰收酒
梅花对雪大地同吟胜利诗

杨柳展新姿五颜六色风光美
山河放异彩万紫千红气象新

微波替柴灶演绎温馨生活
宽带进农家架成富裕桥梁

改革正逢春万紫千红花不谢
攀登频报喜五光十色月常圆

善政频施正应放胆兴经济
时光大好更要展才建功勋

雨露无私情四海珠玑皆润色
阳春有正气九州锦绣尽增辉

大地回阳春万里山河铺锦绣
普天奏雅乐四时烟景斗芳菲

春风着意吹晴空娇燕迎风健
芳草应时绿沃野灵羊逐草肥

万里蓝天凤舞龙飞春光无限
千村绿野人欢马叫气象有余

春水接天长一网收来鱼满载
东风吹地暖千锄种下谷盈仓

北国好风光百鸟争鸣花似锦
中华多豪杰群英奋发气如虹

雪化冰消江山又现五光十色
春来冬去天地再呈百态千姿

彩笔绘宏图个个英姿添异彩
春风吹大地家家欢乐庆新春

建生态文明人与自然协调发展
兴神州经济国和世界互利腾飞

天如意地如意人如意般般如意
粮丰收棉丰收果丰收样样丰收

焕彩新村登高处万丈阳光分曙色
迎春接福举酒时两行文字放心花

东村富西村富富丽山河千里富
时运昌国运昌昌荣岁月万家昌

大地富饶山山岭岭花繁果硕迎新岁
阳春美好户户村村人寿年丰奔小康

梅腮艳柳眼开唤来杏粉桃红梨花雪
蓝图新号角吹催出人欢马叫铁牛春

紫燕裁春春光缕缕编个花篮装世界
金龙盘福福字堂堂铸尊钟鼎壮中华

娇莺戏柳些黄些绿缤纷声声天籁几多惬意
瑞雪飞梅点白点红妩媚缕缕清香分外妖娆

山里迎春写两句美文传于微博一年喜悦同分享
城中过节拍三张彩照贴入空间几地亲朋共赏评

开美酒一坛备美味一桌家家美美和和共度团圆夜
撰红联两副燃红鞭两挂处处红红火火同迎富裕年

生肖春联

鼠　年

阳春无价　　　　　　　　　　豕去鼠来辞旧岁
相鼠有皮　　　　　　　　　　龙飞凤舞庆新春

一鼠迎春早　　　　　　　　　豕去鼠来新换旧
百花吐艳多　　　　　　　　　星移斗转岁更年

子夜岁交替　　　　　　　　　豕岁已盈千廪粟
鼠年春更新　　　　　　　　　鼠年更上一层楼

子夜迎新序　　　　　　　　　灵鼠迎春春色好
鼠年奔小康　　　　　　　　　金鸡报晓晓光新

春潮传喜讯　　　　　　　　　灵鼠跳枝月映画
鼠岁报佳音　　　　　　　　　春牛耕地谷飘香

钟声敲子夜　　　　　　　　　鼠须笔写吉祥字
瑞气入鼠年　　　　　　　　　雀尾屏张如意图

一口时辰子作首　　　　　　　豕岁又是丰收高高兴兴送去
十二生肖鼠为先　　　　　　　鼠年更为繁盛喜喜欢欢迎来

牛　年

人逢如意事
牛舞艳阳春

开春迎紫燕
敬业效黄牛

牛耕芳草地
鹊报吉祥春

草绿黄牛卧
松青白鹤吟

莺舞池边柳
牛耕陌上田

燕回寻旧主
牛到舞新春

瑞雪迎春到
金牛贺岁来

子岁先登富路
丑年再上新阶

牛耕沃野层层绿
鹊闹红梅朵朵香

旧俗已随鼠岁去
新风正逐牛年来

金光道上人催马
黄土田间牛绘春

挺身勇灭官仓鼠
俯首甘为孺子牛

黄牛喜耕黄土地
紫气萦绕紫薇春

雪映红梅千山笑
牛耕碧野五谷香

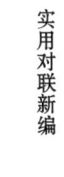

鼠年谱就惊天曲　　　马壮牛肥山村添生气
牛岁赢来动地诗　　　人杰地灵门户沐春风

鼠辞旧岁仓常满　　　铁牛奔驰开辟康庄大道
牛到新年地不荒　　　春花烂漫装点锦绣前程

虎　年

牛耕绿野　　　　　　虎迎新岁月
虎啸青山　　　　　　人改旧乾坤

牛辞胜岁　　　　　　虎跃山河壮
虎跃新程　　　　　　春来日月新

牛耕芳草地　　　　　春天春起色
虎跃艳阳天　　　　　虎岁虎生威

牛舞丰收岁　　　　　春风刚入户
虎吟锦绣春　　　　　虎气更临门

旧岁骑牛去　　　　　人添志气虎添翼
新春跃虎来　　　　　国庆富强人庆春

时来花作雨　　　　　万里春风迎虎啸
春到虎追风　　　　　一天丽日伴龙吟

山明水秀风光美 牛慕朝朝春草绿
虎跃龙腾日月新 虎思岁岁艳阳红

千军虎步开新纪 虎气顿生年属虎
四海龙人奔小康 春风常驻户盈春

牛岁刚饮祝捷酒 虎啸青山千里秀
虎年又放报春花 风拂翠柳万户春

牛年已鼓千番劲 金牛辞岁千仓满
虎岁再歌万里诗 玉虎迎春百业兴

牛肥马壮家家富 曾闻丑岁牛心壮
虎跃龙腾处处春 又见寅年虎翼添

牛耕禹地千家富 辞岁金牛功赫赫
虎跃尧天四海春 迎春玉虎乐融融

牛耕绿野千仓满 春到人间虎虎有生气
虎啸青山万木荣 日煊赤县熊熊炳国威

兔　年

人欢盛世 红梅迎雪笑
兔乐丰年 玉兔报春归

虎去雄风在
兔来瑞气生

虎去家家多致富
兔来处处喜迎春

虎归四野静
兔跃万山欢

虎归山谷雄风在
兔至人间喜气生

虎恋丰收岁
兔奔大有年

虎岁才舒千里目
兔年更上一层楼

兔来春草绿
虎去惠风存

虎返深山辞旧岁
兔来大地接新年

虎去犹存猛劲
兔来更显奇才

虎伴财行千里路
兔随富上一重天

春自卯时报起
福由玉兔迎来

虎披晓月驱灾去
兔沐朝阳引福来

万户金鸡啼禹甸
九霄玉兔降人寰

虎振雄风山上去
兔衔喜报月中来

月照蟾宫奔玉兔
天行骏马啸春风

虎啸深山震五岳
兔临市场富千家

玉兔闹春春潮动
人民造福福音多

金鸡高唱年成好
玉兔欢腾景色新

金樽浓酿千家酒
玉兔欣迎万里春

兔奔华夏开新运
鹊上枝头报福音

兔带佳音传九域
虎留锐气震千山

兔毫挥写英雄史
春雨浇开幸福花

春林虎啸山中去
节到兔欢月上来

盛世欢迎兔出月
丰年喜送虎归山

喜玉兔今年奋起
祝巨龙明岁腾飞

虎去携威人间辞岁
兔来送喜天下迎春

虎振雄风国强民富
兔施灵药人寿年丰

龙　年

龙吟国瑞
雪兆丰年

龙腾瑞气
燕舞春风

人有鸿鹄志
国呈龙虎姿

凤舞祥和岁
龙吟富裕春

兔去和风在
龙来瑞气生

龙吟春正好
燕语日初长

龙腾兴大业　　　　　风调雨顺龙气象
虎跃迈新程　　　　　锦山绣水凤文章

兔送千家福　　　　　玉凤腾飞应盛纪
龙吟万里春　　　　　金龙崛起颂新元

燕语新年喜　　　　　玉兔旧年添瑞景
龙腾大地春　　　　　金龙新纪展英姿

紫燕鸣新柳　　　　　玉兔回宫传喜报
苍龙舞大潮　　　　　金龙出海立新功

玉兔方归月殿　　　　玉兔回宫春色舞
金龙已到人间　　　　金龙降世彩云归

鸟语花香春秀　　　　玉兔回宫攀月桂
龙腾虎跃国强　　　　金龙浴日上云霄

一管天音谐凤律　　　玉兔呈祥迎紫气
九州新景续龙章　　　金龙携瑞步青云

万般福岂倚株待　　　玉兔清辉千里共
一点春须下笔题　　　金龙重彩九州同

月中兔送千家福　　　玉兔邀龙传美意
海上龙吟万里春　　　祥云布雨沐新春

龙飞满目皆春意　　金龙跃起年年盛
凤舞千山尽彩霞　　玉凤腾飞岁岁昌

龙驭春风耕碧野　　金龙献瑞迎千吉
人携好运步青云　　玉兔留芳兆百祥

龙从海上腾飞起　　欣逢兔跃开诗境
春自梅梢飘洒来　　喜望龙腾展画屏

龙来兔走迎新纪　　兔走千家添瑞气
冬去春回送旧年　　龙来九域纳千祥

龙腾九野丰年景　　兔笔已描生态景
花放千村盛世图　　龙篇续写自然春

龙腾千载兴华夏　　兔跃已传千道喜
岁启新元颂太平　　龙腾又送万家春

龙腾岁首开新运　　兔毫疾写锤镰颂
鹊上枝头报好音　　龙壁精描岁月图

龙腾霄汉开新运　　兔摇年尾梅花雪
鹊立枝头报好音　　龙探春头柳色风

自在春风匀画墨　　春临兔跃月中去
神来妙笔点龙睛　　节到龙腾海上来

春驻心中无去日　　　　　巨制趋成莫收兔笔
龙腾天下正当时　　　　　新局向好再写龙章

送玉兔吴刚捧酒　　　　　玉兔呈祥频添锦绣
迎金龙敖广献珠　　　　　金龙兆瑞再创辉煌

绿树千重听燕语　　　　　梅灿尧天馨香延福祉
红梅一朵点龙睛　　　　　龙腾禹甸瑞气满乾坤

喜兔岁九州繁盛　　　　　紫燕舒翎度黄河柳浪
愿龙年百业昌隆　　　　　神龙翘首举碧落春风

锦色千重抒凤彩　　　　　玉兔辞年喜鹊登梅歌盛世
春风一笔启龙章　　　　　金龙迎岁和风剪柳绣新春

燕剪祥云镶福字　　　　　劲舞龙头为文化新潮引路
春铺丽锦拓龙文　　　　　迈开兔步载春天故事回宫

发展为基富民为本固本强基昌国运
和谐是福惠政是春迎春接福贺龙年

灵兔奔天宇行十二载取神药半包严惩腐败
巨龙降世间舞万千程寻妙方一卷大倡清廉

蛇 年

龙去神威在
蛇来灵气生

节到中华蛇献瑞
春临盛世凤呈祥

龙舞迎新纪
蛇飞报早春

龙飞自有光明地
蛇舞同歌锦绣春

蛇舞升平世
莺歌富贵春

龙归大海传佳讯
蛇出深渊展壮猷

山舞银蛇尘垢净
天萦紫气彩云开

龙归紫洞云霞翠
蛇到青山草木香

山舞银蛇梅贺岁
水流清韵鸟吟春

龙归瀚海祥云兆
蛇舞新春紫气腾

小龙腾绿原之野
祖国跃富强之林

龙岁龙腾圆旧梦
蛇年蛇舞步新程

日暖千山蛇起舞
春融九域凤来翔

龙携硕果回宫去
蛇展宏图献瑞来

龙腾乐土春光好　　　蛇年纳福花开早
蛇舞神州气势雄　　　新岁迎春喜事多

龙裹神威归瀚海　　　新春喜鹊登枝唱
蛇含瑞气舞吉祥　　　吉地银蛇降福来

龙藏金涧饮春酒　　　虎跃龙腾金瓯焕彩
蛇舞银川兆吉祥　　　蛇祥龟瑞玉宇增辉

旧岁龙标金榜去　　　龙去蛇来星移物换
新年蛇献玉珠来　　　莺歌燕舞日暖风和

花沐春风招彩蝶　　　巨龙腾飞人和政举开新纪
柳摇残雪舞银蛇　　　银蛇狂舞国泰民安闹早春

金龙披彩蛇披玉　　　龙腾玉宇天更旧岁千家喜
喜鹊报祥燕报春　　　蛇舞蓝图地换新年万户春

马　年

人欢马叫　　　　　　蛇回得意
鸟语花香　　　　　　马到成功

百花齐放　　　　　　万马奔腾日
万马奔腾　　　　　　千门幸福春

小龙随岁去
骏马带春来

马驰原野阔
春暖柳烟浓

乐驰千里马
更上一层楼

同迎千里马
共唱九州春

蛇创辉煌业
马驰锦绣程

大地生香吐艳
神州跃马争春

天马横空出世
腊梅傲雪迎春

留下银蛇胜景
迎来骏马长春

蛇岁四时如意
马年万事称心

一天彩霞迎旭日
九州骏马带朝烟

一路风尘蹄花碎
万家瑞气富根深

八音喜奏金蛇舞
万众高歌骏马奔

九天日暖张鹏翼
四野风轻快马蹄

大业正乘千里马
小康更上一层楼

万马奔腾春意闹
千家幸福画图新

万马奔腾新气象
三春驰荡好风光

万民策马康庄道
百族放歌锦绣春

马上征途酬远志
蛇归洞府写新篇

马上新阶荣万里
年逢盛世富千家

百花竞放迎新岁
万马奔腾跃小康

马奔沃野迎新岁
蛇隐深山辞旧年

回首小龙辞旧岁
奋蹄骏马贺新年

马逢伯乐驰千里
鹏过高天展万程

岁暮蛇归春早到
财丰马跃福先来

马跃九州迎百福
春临四海汇千祥

灵蛇昂首高天丽
骏马奋蹄大地春

马跃三春奔富路
莺歌万树报佳音

灵蛇奏凯山川丽
骏马呈祥岁月新

开放同乘千里马
腾飞共揽九天星

金蛇竞舞山河秀
玉马争驰岁月新

玉蛇起舞山河美
金马腾空日月新

金蛇辞岁沧溟去
玉马迎春霄汉来

龙舞升平天溢彩
马驰盛世地流金

金蛇献瑞神州盛
玉马腾空大业兴

百花齐放神州秀
万马奔腾伟业新

神州开辟康庄道
骏马奔腾锦绣春

起舞金蛇歌盛世
奔驰骏马乐升平

骏马奋蹄开泰运
雄鹰展翅拓新天

骏马奋蹄迎旭日
金龙昂首舞春风

蛇岁丰功添国力
马年鸿运壮民魂

蛇年才奏腾飞曲
马岁又掀改革潮

蛇年喜讯频频报
马岁春潮滚滚来

蛇舞千山千岭秀
马驰九州九域妍

蛇舞春风留硕果
马腾瑞气兆丰年

银蛇摆尾乾坤秀
骏马奋蹄天地宽

腊去风清蛇步远
春来日暖马蹄欢

腊去蛇藏酬凤愿
春回马到立新功

一统江山群龙舞彩
千秋功业万马奔腾

骏马锦程吉祥伴我
红梅瑞雪春意盈门

骏马展雄风奋蹄万里
大鹏乘瑞气振翼九天

羊　年

羊迎大吉
岁纳永康

羊肥马壮
国富民丰

金羊启泰　　　　　　立志当怀虎胆
彩凤鸣春　　　　　　求知莫畏羊肠

马拓康庄道　　　　　马岁家家如意
羊铺锦绣云　　　　　羊年事事吉祥

马驰金世界　　　　　山乡春暖灵羊舞
羊唤玉乾坤　　　　　海峡波平紫燕归

马带祥云去　　　　　马去羊来三阳泰
羊携好雨来　　　　　月圆花好五谷丰

马蹄留胜迹　　　　　马年已绘丰收景
羊笔谱新歌　　　　　羊岁继吟致富诗

羊鸣歌盛世　　　　　马驰大道前程美
雀跃庆新春　　　　　羊上奇峰景色新

骏马行千里　　　　　马行万里传捷报
吉羊到万家　　　　　羊越千山奏凯歌

新年送骏马　　　　　马驰原野繁花茂
佳节贺灵羊　　　　　羊跃神州事业兴

水秀山明草茂　　　　马走羊来财不断
羊肥马壮春荣　　　　年丰人健福常临

马步生风辞旧岁　　　　　送马岁功归史册
羊毫洒墨写新联　　　　　挥羊毫再续春秋

马首关情吟妙句　　　　　烈马征途追丽日
羊毫随意绘新图　　　　　吉羊碧野织祥云

白马回乡驰万里　　　　　瑞雪纷纷留马迹
青羊入户慰千家　　　　　绿原处处现羊群

老马识途归宿去　　　　　爆竹声声辞马岁
吉羊献瑞报春来　　　　　梅花朵朵庆羊年

羊年喜千家祝福　　　　　骏马奔腾咸歌大有
国运昌万物生春　　　　　灵羊飞跃共庆升平

羊群涌起千堆玉　　　　　国运昌隆千家敛福
稻浪浮来万亩金　　　　　羊年吉庆万物生辉

春色乍随绿柳染　　　　　燕啄春泥万户厅堂增瑞气
羊蹄时送好风来　　　　　羊开岁序千村庭院起祥光

猴　年

金猴启岁　　　　　　　　猴桃献寿
绿柳催春　　　　　　　　鸟语迎春

羊辞清淑景
猴报吉祥春

玉燕迎春一国锦
金猴贺岁九州祥

羊舞丰收岁
猴吟锦绣春

羊去犹存登顶志
猴来更有济时心

鸡鸣歌善政
猴舞灭妖风

赤胆忠心扶正气
金睛火眼扫邪风

金猴开玉宇
紫燕舞新春

金猴奋起千钧棒
玉宇澄清万里埃

金猴扫妖雾
新岁纳吉祥

金猴献瑞春光艳
彩凤呈祥淑景新

猴舞尧天碧
鸡鸣舜日红

雪消门外千山翠
猴到人间万户春

大圣迎春图改革
新风遍地倡文明

花果山金猴织锦绣
小康国百姓创辉煌

大圣重来征腐恶
宏图再展现辉煌

鸡　年

金鸡报晓
瑞雪迎春

金鸡鸣盛世
紫燕舞新春

闻鸡起舞
跃马争春

猴舞丰收岁
鸡鸣锦绣春

群鸡报晓
百鸟鸣春

群鸡鸣盛世
百鸟唱新春

凤鸣大治岁
鸡唱小康年

九野风和归紫燕
千门日丽唱金鸡

鸡鸣千里晓
燕舞万家春

万户鸡啼丰稔岁
九州燕舞吉祥年

鸡鸣春富贵
燕报岁吉祥

山河壮丽春长远
鸡犬安宁国富强

金鸡迎曙色
芳树送春光

日新月异群鸡唱
风调雨顺五谷丰

四季香花看蝶舞 盛世鸡鸣多悦耳
三春喜讯听鸡鸣 新春燕舞自开心

兆丰消息看飞雪 策马催鞭扬国力
报喜佳音听鸡鸣 闻鸡起舞振民魂

金鸡报晓朝朝报 大业垂成清辉满室
喜气盈门岁岁盈 金鸡报晓喜气盈门

金鸡晓唱千家喜 鸡报晓晓日升升平世界
白鹭晨飞万户春 梅迎春春光亮亮丽河山

金鸡啼出千门喜 银燕穿云巧裁三春美景
绿水流来万户春 金鸡报晓喜获五谷丰登

金鸡啼处升红日 玉宇回春初绽梅花三两朵
绿水流时享太平 金鸡报晓乍闻爆竹两三声

春风得意群鸡舞 骏马迎春沿途尽赏山川美
政策归心百姓欢 雄鸡贺岁昂首高歌日月新

狗　年

金鸡报晓 犬守太平岁
玉犬迎春 花开幸福春

犬守升平岁
梅开如意春

金鸡歌幸福
玉犬报平安

莺歌杨柳岸
犬吠杏花村

犬吠神州放彩
鸡鸣玉宇生辉

一门狗护春无恙
四季人勤庆有余

一代风流舞狮夜
万千气象入狗年

人富犬宁安且吉
国强家富乐而康

五德灵鸡辞旧岁
三更义犬护新春

犬吠丰年千里富
鸡鸣盛世万家春

犬吠鸡鸣春灿灿
莺歌燕舞日曈曈

玉犬看门遵古训
金鸡报喜送新声

两行竹叶金鸡去
一路梅花玉犬来

鸡岁已添千里喜
犬年更上一层楼

鸡声笛韵祥云灿
犬迹梅花瑞雪飞

金鸡唱出小康路
玉犬迎来大有年

金鸡辞岁添祥瑞
玉犬护门乐太平

疏柳莺啼千谷静
新春犬卧万家安

瑞雪翩翩丰收景
犬蹄朵朵报春花

金鸡报好音人人获福
玉犬迎新岁户户生财

猪　年

六畜猪为宝
四时春占先

原驰蜡象长城雪
户养肥猪大地春

春和猪似象
家睦子成龙

猪壮肥多粮食足
雪消梅笑竹松青

养猪勤致富
跃马笑迎春

猪多粮足农家乐
子孝孙贤福寿多

春早人勤地壮
猪多肥足粮丰

景象承平开泰运
金猪如意获丰财

戌岁已添新气象
亥年更做大文章

爆竹升天送犬日
春花匝地迎猪年

狗年已展十分锦
猪岁再登百步楼

迎新春应赞猪为宝
辞旧岁莫忘犬看家

春色随心描旧景
亥猪送狗贺新年

"春"字横批

春入山乡	春入农家	春入神州
春山吐翠	春山竞秀	春山新景
春日化雨	春日宜人	春日和风
春风时雨	春风初度	春风雨露
春风和煦	春风骀荡	春风浩荡
春风徐来	春风绣宇	春风得意
春风梳柳	春风惠我	春风紫气
春风瑞霭	春风满面	春为岁首
春归华夏	春归花艳	春归草碧
春归林茂	春归柳绿	春回大地
春回赤县	春光无限	春光永驻
春光明媚	春光晓色	春光美好
春光满院	春色无私	春色宜人
春色争妍	春色妖娆	春色盈门
春色满山	春色满园	春如人意
春花千树	春花似海	春花争艳
春花烂漫	春花俏丽	春花娇媚
春花清雅	春花遍地	春花满眼
春来喜气	春来福到	春和雨润
春和景明	春临万户	春临四海
春临华夏	春联迎喜	春联祝福
春景长存	春景宜人	春景争辉

春满人间	春满九州	春满河山
春满神州	春满乾坤	春潮滚滚
春暖花开	人喜春风	人喜春阳
三春长驻	三春桃李	三春喜庆
三春得意	迎春纳喜	迎春接福
新春吉庆	新春吉祥	新春如意
新春时雨	新春快乐	新春新岁
喜沾春雨	喜庆新春	喜迎新春
喜度元春	喜舞春风	喜燕报春

家用春联

大 门

一门喜气　　　　　　门迎紫气
万里春光　　　　　　路接青云

七星照户　　　　　　门前有喜
五福临门　　　　　　院里含春

千门春色　　　　　　仁为安宅
万户福音　　　　　　德必有邻

门开美景　　　　　　文章华国
国展宏图　　　　　　诗礼传家

书香门第
礼乐人家

出门见喜
举步生风

四时吉庆
八节安康

兰馨笼院
梅韵上门

礼门义路
智水仁山

百门有福
四季皆春

春风及第
喜气盈门

春归院落
喜驻门庭

祥光满室
瑞气盈门

庭荣松柏
阶茂芝兰

德门集庆
仁宅迎祥

一门迎暖日
百鸟唱新风

一代风流世
万年幸福家

一曲迎春至
三杯祝福来

三阳临吉地
五福集华门

千门迎晓日
万里耀春光

门外山河秀
庭前草木荣

门庭生喜气
山水有清香

云霓笼甲第
气运绕门庭

春风荣草木
福气绕门庭

文明千世泽
和睦一家春

梅柳迎春早
门庭集庆多

田园无限景
门户有余年

街巷千门晓
河山万里春

华屋辉生壁
春山绿到门

瑞雪传佳讯
德门报好音

旭日千门启
祥辉四望新

德门增百福
仁宅际三阳

旭日临门早
春光及第先

德门膺厚福
仁里乐长春

远村千门晓
新柳万户春

一剪梅花献岁
千门爆竹迎春

青山环绿水
翠柳映朱门

万里江山如画
四时门户皆春

枝头沾晓露
门户洽春风

门户千家有福
江山万里多娇

门对苍梧碧水
屋依翠竹青山

春润竹梅门第
喜融楼阁农家

一门欢笑春光灿
四季平安美景新

入户和风增瑞气
临门旭日发春晖

几行绿柳千门晓
一树红梅万户春

大地阳回春有脚
德门庆衍福无疆

万户管弦歌盛世
千般色彩绣新春

千门喜贴迎春画
万户同吟祝福歌

门上桃符浮瑞气
宅前爆竹贺新年

门对青山千里秀
家居福地四时春

门前雪酿丰收酒
院里花开锦绣春

门前福到梅香久
院里春归竹韵长

云间树色千重满
门外山光万叠浓

风清流水当门转
春暖飞花隔岸来

吉祥在户人增寿
道德传家福满门

江边柳线迎春绿
门上桃符耀眼红

花开大地春光美
福降家门喜气浓

连天瑞雪千门乐
献岁红梅万户香

秀水绕门蓝作带
远山当户翠为屏

门有古松庭无乱石
秋宜明月春则和风

春含瑞霭笼仁里
日拥祥云护德门

世事文明春风入户
江山秀丽喜气盈门

春绽红梅香万树
岁更爆竹响千家

岁岁迎春年年如意
家家纳福事事呈祥

梅开五福门有喜
竹报三多户呈祥

旭日祥云千门竞盛
春风时雨万物争荣

雪消门外千山碧
花发江边二月晴

春花满眼欣逢佳节
秋实盈门共庆丰年

满院生辉春雨润
当门结彩燕儿飞

喜盈门天乐人同乐
春及第花开心亦开

碧天瑞霭千门晓
玉槛春花九陌晴

雅士门前三槐挺秀
名人宅畔五柳生辉

瞩目望春春满目
出门见喜喜盈门

丹桂有根独长诗书门第
黄金无种偏生勤俭人家

万户春风礼陶乐淑
三阳景运人寿年丰

乐事无边万户福星高照
太平有象一天瑞雪纷飞

淑气临门物色新颖多光彩　　无地不春风年增岁月人增寿
春风及第花香浓郁展英姿　　有天皆丽日喜满乾坤福满门

翠柳摇风节俭人家常富裕
红梅迎雪勤劳门第永安康

重　门

春融大地　　　　　　旭日重门照
瑞霭重门　　　　　　春风甲第新

重门聚瑞　　　　　　阳光辉大地
内宅含辉　　　　　　瑞气聚重门

三阳临吉地　　　　　进重门一步
五福萃重门　　　　　添喜气十分

上苑梅花早　　　　　明月添梅韵
重门柳色新　　　　　重门接旭光

甲第千祥集　　　　　春光来上苑
重门百福臻　　　　　瑞气绕重门

鸟语重门醉　　　　　重门开曙色
花飞小院香　　　　　竹径透春光

重门迎喜气
福地煦春风

重门莺报喜
吉地燕衔春

前院迎春早
重门集庆多

祥云盈福地
淑气拥重门

瑞日重门启
春光吉地来

燕报重门喜
莺歌大地春

千里江山千里秀
一重门户一重新

日丽重门含淑气
花紫芳径洒春晖

鸟过重门多好语
花飞满座有清香

吉地祥光开泰运
重门旭日耀阳春

宅院已成吉祥院
重门再启幸福门

春风锦砌苍苔润
旭日重门紫燕飞

重门不碍阳春脚
直道能通天地心

重门柳色连金谷
深院花香绕玉堂

香浮深院梅花发
翠绕重门燕子飞

燕绕重门传喜讯
莺迁乔木报佳音

后　门

前程远大
后步宽宏

前耕心上地
后种书中田

厚能留后
愚可有余

积德前程远
存仁后步宽

云路前无限
德门后有余

光前振起家声远
裕后留贻世泽长

太平居有后
安乐福无涯

竹径有时风去扫
柴门无事日常关

光前倡礼乐
裕后有诗书

房　门

一堂瑞气
满室春风

人增寿算
天转阳和

开门有福　　　　　　室有山林乐
入室无尘　　　　　　人同天地春

良操美德　　　　　　室雅何须大
玉品金心　　　　　　花香不在多

庭荣松柏　　　　　　惜花春起早
阶茂芝兰　　　　　　爱月夜眠迟

高堂日永　　　　　　竹雨松风梧月
绮阁春阑　　　　　　茶烟琴韵书声

户外春风暖　　　　　合诗书为三益
堂前午日长　　　　　以花鸟做四邻

户牖观天地　　　　　雅言诗书执礼
诗书见古今　　　　　益友直谅多闻

花开香入户　　　　　窗外数声鸟语
日照影临轩　　　　　阶前几点梅花

床上书连屋　　　　　一门福寿春风暖
阶前树拂云　　　　　四季平安美景新

承家多旧德　　　　　一院无云春昼永
继世有新风　　　　　九霄有月朗星稀

门趁春风添秀色
人逢盛世倍精神

堂开瑞日金莺啭
帘卷春风玉燕来

云间瑞气三千丈
堂上春风十二时

福驻门庭三世福
春归小院满堂春

月移花影横窗瘦
风送兰香入座清

不出门庭全收野景
别怀天地定属高人

四世同堂春及第
三阳启泰喜临门

右史左图诗书永代
青山绿水宇宙长春

百尺楼台瞻紫气
三春花鸟醉东风

东阁冬梅西窗夏竹
南华秋水北苑春山

春入华堂添喜气
花飞玉案有清香

岁时若流古今异趣
天地为室俯仰同怀

春到门前增瑞气
日临窗上起祥光

爱日当庭祥云在户
璠玙为庚松柏居心

独坐每将书做伴
闭门常与竹为邻

流水长庭清风静宇
幽兰一室修竹万竿

客 厅

一庭佳趣
满座高朋

鹊报远来客
梅迎新到春

友天下士
读古人书

一庭花发来知己
半卷书开见古人

以文会友
与德为邻

一庭明月和佳趣
满座春风会高朋

田园可乐
鱼鸟亦亲

三径绿时人醉竹
百花红处客寻春

竹风留客饮
松月伴宾茶

旧书细读犹多味
佳客能来不费招

竹深留客处
荷净纳凉时

好月当楼惟尽盏
清言对客总如兰

客来宜对饮
人静好读书

丽日楼台春似海
清风珠履客如仙

明月清风开朗韵
高山流水有知音

春风明月皆良友
鸟语花香最可人

倾壶待客花开后
出竹吟诗月上初

爱客常开新酿酒
呼童时展旧藏书

日照雪时金樽酒满
月临水畔碧山人来

好鸟明花自成贵客
和风朗月别有高怀

书　房

山随画转
云为诗留

诗情画意
琴韵书声

几净云生砚
窗明月映书

文章洁似玉
气节壮如松

书九州春意
画四海风流

书林含馥郁
艺海贮英华

兰香盈素室
岳色染书窗

泉清堪洗砚
山秀可藏书

著书惊日短
看剑引杯长

翰墨惊天地
诗书贯古今

夜月琴声书韵
春风鸟语花香

无边诗思窗前草
不了功夫架上书

笔架砚池辞海
诗花墨雨书林

不尽波涛归学海
长春花木在书林

一室尽收冬夏景
群书博览古今情

心清自得读书味
室雅时闻翰墨香

几番琢磨方成器
十载耕耘自见功

书似青山常乱叠
灯如红豆最相思

万卷诗书如好友
一樽谈笑对高人

书屋风和花正茂
画廊日暖桂生香

山川佳色澄悬镜
松竹清阴静读书

旧友肯临容膝地
儿孙莫负等身书

千古文章书卷里
百花消息雨声中

好书不厌百回读
益友何妨去复来

千秋笔墨惊天地
万里云山入画图

肝胆照人如雪色
诗文掷地作金声

门前不约频来客
座上同观未见书

重窗不卷留香久
古砚微凹聚墨多

洗砚春波临晋帖
焚香夜雨和陶诗

藏书万卷宜教子
买地数坪尽种松

梅兰竹菊堪养性
琴棋书画自陶情

午榻茶余一栏花韵
晓窗梦醒四壁书声

清如瘦竹闲如鹤
座是春风室是兰

玉树临风冰壶映水
珊瑚架笔玳瑁装书

清新隽永诗书气
朴素天真翰墨情

闭户自精开卷有益
垂露在手清风入怀

精神到处文章老
学问深时意气平

秋月春花当前佳句
法书名画宿世良朋

墨池烟霭花间露
茶碗香浮竹外云

厨　房

三餐鲜洁
四季安康

广筵留上客
丰膳出中厨

巧厨美味
妙手春光

火色映春色
梅香和菜香

寻常无异味
鲜洁即家珍

五味调和称善饪
三餐鲜洁是良厨

花香生院落
春色入庖厨

白日缸中多积水
黄昏灶下少堆柴

迎新烹腊味
除旧煮春香

缸中既裕多年米
厨内常添四季鲜

烹调宜从俭
饮食莫铺张

柴米油盐样不少
香辣酸甜味皆鲜

三餐适口家常饭
一岁开头喜庆筵

粒米皆从辛苦得
寸薪不是等闲来

山肴野菽含真味
麦饭粗羹养太和

清茶淡饭存真味
嫩笋鲜鱼庆大年

粮 囤

三春富贵
五谷丰盈

丰收多贡献
富裕少铺张

百花献岁
五谷丰年

仓箱歌有庆
妇子乐无虞

年丰登万宝
岁稔贮千仓

千家富裕丰年庆
万宝告成大有歌

盈仓珠玉满
隔户稻粱香

春雨一犁珠玉洒
秋风满室稻粱香

禽　畜

五花夸骏骥
八尺号龙驹

策马金光道
驱牛玉面犁

夜草能肥马
春溪好饮牛

八骏至今传美誉
五花自古著佳名

春来牛马壮
冬去猪羊欢

待用悬书堪挂角
乘时跨马好寻梅

车　辆

一身龙虎气
两耳凤凰声

四轮行万里
一斗载千斤

日行康泰路
夜宿太平庄

行车莫大意
赶路要当心

远近通达道　　　　　春风富裕路
进退过逍遥　　　　　好鸟丰收歌

军　属

人民子弟　　　　　　喜报喜添春色
祖国长城　　　　　　红花红耀门庭

军民谊重　　　　　　光荣入伍青年志
鱼水情深　　　　　　英勇参军慈母心

英雄门第　　　　　　军民共建英雄寨
荣耀人家　　　　　　鱼水长依幸福泉

新春新彩　　　　　　英雄门第三春景
佳节佳音　　　　　　模范人家一品红

花绽英雄第　　　　　金戈铁马英雄第
春临幸福家　　　　　红心赤胆战士家

喜盈军属院　　　　　春风常驻光荣户
花艳太平春　　　　　紫燕爱栖军属家

喜报功勋门第　　　　战士军前传捷报
春临戎马人家　　　　英雄村里庆丰年

唯有拥军争国泰
方能克敌保平安

爆竹新春传捷报
红花佳节贺功臣

戎马人家门庭凝瑞
英雄宅第院落生辉

喜报常临英雄门第
春光永驻军属人家

疏柳摇风绿遍农家院落
祥云捧日光临军属门庭

烈　属

先烈功垂千古
英名辉耀九州

花绽英雄门第
春来烈士人家

人民战士千秋美
革命英雄百世芳

万古英名垂史册
千秋义勇壮山河

功臣门第千秋美
烈士家庭百世芳

光荣门第春花艳
烈士家庭草木春

每思祖国金汤固
常忆英雄铁甲寒

继往开来追壮志
光前裕后慰英灵

日月行天忠烈流芳千古
江山磐石英雄伟业千秋

五保户

有情逢盛世　　　　　　　无儿无女无牵挂
无虑度余年　　　　　　　有众有情有靠山

三春岁月风光好　　　　　政府关怀身边无子胜有子
五保老人幸福多　　　　　村民照顾缸里足粮加余粮

山爱夕阳人敬老
松含朝露鹤鸣春

横　批

一门喜庆	人寿年丰	大地回春
大展宏图	万事如意	与德为邻
山环水绕	山明水秀	日升月恒
日新月异	长发其祥	风光无限
文明处世	文明昌盛	心地光明
心花怒放	双喜临门	世泽典范
本固枝荣	四季平安	四海皆春
民殷国富	百年大计	百花献瑞
吉祥如意	团结和睦	合家欢乐
华堂增辉	宅院生辉	安居乐业

旭日东升	国治家齐	国泰民安
幸福永存	春风及第	春风绣宇
春光满院	家和业兴	紫气东来
瑞气临门	福寿康宁	勤俭持家

节日联

传统节日

立 春

千家辞岁　　　　　　　雷鸣龙起蛰
万物复苏　　　　　　　泥暖燕衔春

龙兴华夏　　　　　　　四序当推春日始
燕舞阳春　　　　　　　百年难遇岁朝初

春降千门福　　　　　　红梅竞报三春到
福来万里春　　　　　　爆竹频传五福来

元宵节

月光照耀　　　　　　　光天满月
银烛辉煌　　　　　　　火树银花

千家春不夜
万里月常明

万家元夕宴
一路太平歌

天上一轮满
人间万里明

巧人调玉烛
天下乐元宵

花市千门月
灯衢万里春

明月千门雪
银灯万树花

笙歌飘院落
灯火接楼台

一曲笙歌春似海
千家灯火夜如年

一帘春色门垂柳
万斛珠光地涌莲

三五星桥连月阙
万千灯火彻天衢

万户春灯辉月夜
一天晴雪兆丰年

火树光腾村不夜
银花焰吐景长春

玉烛长调千寨乐
花灯遍照万家明

银花火树开佳节
紫气丹光拥玉台

晴空一镜悬明月
夜市千灯照碧云

舞凤飞龙成夜市
踏歌击鼓皆春潮

玉宇无尘一轮皓月
银花有色万点春灯

灯火千家良宵美景
笙歌一曲盛世元音

明月一轮天开淑景　　　　　盛世文明青云万丈
春灯万盏人乐太平　　　　　元宵光彩皓月一轮

春夜灯花笙歌四野　　　　　皓月满轮玉宇无尘千顷碧
良宵美景箫管千村　　　　　紫箫一曲银河有焰万里春

柳媚花香红梅堪赏　　　　　春夜灯花几处笙歌腾朗月
灯明月朗白雪同辉　　　　　良宵美景万家箫管乐丰年

寒食节
冷节传榆火　　　　　　　　两三点雨逢寒食
前村闹杏花　　　　　　　　廿四番风到杏花

寒食青青草　　　　　　　　禁火今年逢节早
春风瑟瑟波　　　　　　　　飞花镇日为谁忙

三月光阴槐火换　　　　　　大地春回九千万里寒食雨
二分消息杏花知　　　　　　神州日暖二十四番花信风

百草碧迎寒食雨
千门喜过花信风

清明节

春风重拂地
佳节倍思亲

燕子来时春社
梨花落后清明

烟景催槐叶
风期数楝花

秀野踏青晨出早
芳苗拾翠暮归迟

明月清风无价
遥山近水有情

继往开来追壮志
光前裕后慰英灵

立 夏

衔杯倾绿蚁
煮豆爱青蚕

晨钟报晓春方去
佳节称人夏又来

端午节

月逢重五
节序天中

艾旗招百福
蒲剑斩千邪

保艾思君子　　　　　　　　端午池莲花解语
依蒲祝圣人　　　　　　　　夏晨岸柳鸟能言

海国天中节　　　　　　　　艾草雄黄消灾防病
江城五月春　　　　　　　　龙舟香粽吊屈招魂

艾人驱瘴千门福　　　　　　艾叶吐幽芳香溢四海
碧水竞舟十里欢　　　　　　龙舟掀巨浪气吞八荒

绿艾悬门漆藻彩
青蒲注酒溢芬芳

立　秋

酷暑已阑蝉当噪　　　　　　风动桂林气澄兰沼
清商才到雁同来　　　　　　声惊桐院露冷莲房

七　夕

翠梭停织　　　　　　　　　牛女二星河左右
银汉横秋　　　　　　　　　参商两曜斗西东

五夜明天汉　　　　　　　　桥飞五夜来乌鹊
双星会女牛　　　　　　　　河渡双星会女牛

中秋节

二仪含皎洁
四海尽澄清

一曲霓裳传玉笛
四周云锦拥金徽

天上一轮满
人间万里晴

月影渐移花树下
镜光如照玉楼头

冰壶含雪魄
银汉荡清波

占得清秋一半好
算来明月十分圆

举头望明月
把酒问青天

四海五湖皆锦绣
千家万户尽团圆

皓月含幽意
清风富激情

明月清风景物秀
神州秋色画图新

人逢喜事尤其乐
月到中秋分外明

喜得天开清旷域
宛然人在广寒宫

几处笙歌留朗月
万家箫管乐丰年

三五良宵秋澄银汉
大千世界光满玉轮

银汉流光水天一色
金商应律风月双清

重阳节

三三令节
九九芳辰

远山含笑金风爽
秋水碧澄艳菊香

东篱开寿菊
南海献嘉禾

步步登高开视野
年年插菊胜春光

临风乌帽落
送酒白衣香

何处题糕酬锦句
有人送酒对黄花

鼓琴仙度曲
种杏客传书

黄菊绮风村酒熟
紫门临水稻花香

糕蕴登高意
菊呈晚节情

燕知社日辞巢去
菊为重阳雨后开

三径归时松菊在
满城近日雨风多

立　冬

塞北寒方至
江南气尚和

飞雪临冬红梅竞放
朔风报岁翠竹争春

篱菊已残孟冬月
岭梅初放小春天

横　批

五谷丰登　　　日月增辉　　　日丽风和
火树银花　　　四海同春　　　百业兴旺
幸福长存　　　柳暗花明　　　喜气盈门
普天同乐　　　锦上添花　　　锦绣河山
霞蔚云蒸　　　繁花似锦

现代节日

学雷锋纪念日

平凡人物
模范精神

有心行好事
无怨效雷锋

共仰人生高境界　　　　雷锋不死人心暖
甘当革命小螺钉　　　　榜样还需身体行

朴素先锋如劲草　　　　盛世唤雷锋共秉丹心兴大业
平凡日记恰惊雷　　　　新时多伯乐还凭慧眼选人才

三八妇女节
一心为祖国　　　　　　为妇女扬眉吐气
双手绣乾坤　　　　　　与男儿并驾齐驱

丹心悬日月　　　　　　志在九州中华豪杰
巧手绣春秋　　　　　　胸怀四海巾帼英雄

淑气芝兰茂　　　　　　四海春秋千姿百态
春风桃李香　　　　　　九州儿女万众一心

巾帼英雄胆气
中华姐妹心灵

植树节
青山四面合　　　　　　松竹添秀色
绿柳万家生　　　　　　桃李笑春风

草生三径绿
山簇万峰青

翠柏苍松绿
朝霞夕照红

千条杨柳随风绿
万里河山映日红

处处造林林似海
家家植树树成荫

芳草春回依旧绿
梅花时到自然红

春夏秋冬四季绿
草花树果九州香

造林植树山山绿
种草养花处处春

万里松涛无山不绿
千层柳浪有地皆春

今日栽苗明日结果
前人种树后人乘凉

岁岁造林无山不绿
年年植树有岭皆春

种草养花香飘四季
造林植树春暖千秋

植树造林千山滴翠
育花养草四季吐红

五一劳动节

江山披锦绣
人物倍风流

勤劳葆本色
廉洁育高风

十亿风流劳动者
九州艳丽英雄花

丹心开出革新路
热血绘成创业图

创业精神三山路　　　　伟业千秋承先启后
光荣传统五月歌　　　　宏图四海继往开来

劳工神圣千秋乐　　　　祖国山河飞花点翠
赤县欢娱五月红　　　　英雄儿女万众一心

革命江山留胜迹
风流人物看今朝

五四青年节

山河锦绣　　　　　　　四有新人兴大业
人物风流　　　　　　　八方俊彦绘宏图

胸怀全局　　　　　　　创业多蒙先驱者
志在四方　　　　　　　守成要靠后来人

一代新风树　　　　　　承前启后英雄谱
千秋大业兴　　　　　　继往开来志士花

创千秋伟业　　　　　　学海无涯千舟竞渡
做四有新人　　　　　　书山有路万众争攀

文明雨润千枝翠　　　　看茂林新叶接陈叶
礼貌花开万朵红　　　　喜流水前波让后波

护士节

华佗助手　　　　　　　飘来世上三分白
天使化身　　　　　　　化作人间一片春

白衣传大爱　　　　　　赤胆丹心嘘寒问暖
天使献丹心　　　　　　白衣素手救死扶伤

素志同衣白　　　　　　救死扶伤发扬人道
丹心胜血红　　　　　　帮危济困奉献爱心

天使穿行生死路　　　　妙手回春良医书壮志
爱心搭架健康桥　　　　仁心济世天使谱新章

救死扶伤争岁月　　　　救死扶伤碧血丹心书壮志
和风细雨润心田　　　　倾情献爱白衣素手写风流

真情大爱乾坤暖
妙手丹心德艺馨

丹心一片妙手一双欣德馨天下艺馨天下
大爱永存真情永驻愿春满人间福满人间

六一儿童节

儿童迎佳节　　　　　　逢喜雨百花吐艳
花朵正宜人　　　　　　迎春风万木争荣

创千秋大业　　　　　　博采百花成蜜液
育一代新人　　　　　　广开学路育新苗

一代英雄从小看　　　　祖国河山灿如云锦
满园花朵向阳开　　　　青春花朵艳似朝霞

今年桃李株株秀　　　　旭日正初升到处皆呈锦绣
他日栋梁个个强　　　　幼苗须爱护将来都是栋梁

中国共产党成立纪念日

人民有庆　　　　　　　红旗辉日月
幸福无边　　　　　　　妙手绣乾坤

情深似海　　　　　　　神州崛起日
恩重如山　　　　　　　经济腾飞时

一派新机心向党
满天异彩志凌云

业绩辉煌翻天覆地
人民幸福饮水思源

花木逢春花似海
人民有党人登天

国策鼎新人心皆向
党风纯正众望所归

一柱擎天江山不老
五星照地赤县长春

八一建军节

人民卫士
祖国干城

白云丹桂边关色
明月清风将士心

英名盖世
壮志凌云

光荣传统光荣史
钢铁长城钢铁兵

宏谋抒虎啸
士气奋鹰扬

赤胆红心忠祖国
披星戴月卫人民

愿丹心报国
看赤手擎天

一片丹心九州报捷
三军浩气四海扬威

天地有情留正气
江山无恙慰忠魂

铁马金戈征途千里
寒冬酷暑热血一腔

风云动鼓鼙巩固金汤祖国　　喜满神州城乡建设鲜花艳
星火燎原野毋忘钢铁长城　　春回大地军地人才硕果丰

教师节

一支粉笔　　　　　　　　　重教尊师时尚美
两袖清风　　　　　　　　　文明礼貌校园春

尊师重教　　　　　　　　　喜掬丹心描画卷
立国兴邦　　　　　　　　　好研朱墨写春秋

碧血催桃李　　　　　　　　彩笔凌云腾蛟起凤
丹心育栋梁　　　　　　　　春风化雨绽李开桃

翠柏知春早　　　　　　　　暮色晨钟豪情不减
红梅耐岁寒　　　　　　　　桃鲜李艳壮志日增

丹心热血培桃李　　　　　　甘做园丁为祖国添秀
细雨和风育栋梁　　　　　　愿为蜡烛照学生成才

沥血呕心才许国　　　　　　白发银丝为桃红柳翠
忘食废寝德催春　　　　　　红心赤胆使竹翠松青

国庆节

山河壮丽
岁月峥嵘

日月光华辉大地
人民事业谱新篇

文明社会
锦绣河山

柏翠松青山秀美
俗纯风正国昌隆

五星辉日月
四海尽辉煌

祖国与乾坤同寿
江山共日月齐辉

国富山河壮
民强天地新

高秋好赋腾飞曲
盛世当歌奋进诗

人逢国庆精神爽
月到中秋天地明

虎跃龙腾峥嵘岁月
金镶玉砌锦绣江山

大业中兴歌盛世
神州崛起颂丰碑

翠柏苍松千姿竞秀
朝霞夕照万马奔腾

万里江山铺锦绣
九天日月耀光华

辛亥革命纪念日

一枪惊帝梦 　　　　　辛亥风云倾帝制
百载振民魂 　　　　　中华儿女仰高山

一自黄花凝碧血 　　　革命狂飙推后浪
终教赤县灿蓝图 　　　共和号角夺先声

天下为公民做主 　　　民主风行一百年前风乍起
共和立国史无前 　　　武昌义举数千载后义犹存

共和民主光辉照亮自由新世界
一统神州愿景揭开历史大篇章

弘博爱以冀大同犹存情激百年志和九土
仰钟山而观寰海更盼潮平两岸风正一帆

功绩炳千秋喜今朝山水飞歌圆了百年先哲梦
心香呈一瓣期翌日弟兄携手捧来两岸大同花

辛亥几多志士悬首国门只为看帝制崩共和起
风云无数英灵埋名山野最爱听雄狮吼巨龙吟

两千年帝制已除风雨忆先生龙虎威仪凌大地
九万里国魂不朽精神传我辈英雄热血沃中华

横　批

万民同乐	大好风光	山欢水笑
日新月异	四海同歌	百花竞艳
百族共庆	欢庆佳节	花好月圆
花团锦簇	国富民强	前程似锦
神州春永	高歌猛进	喜地欢天
锦绣河山	蒸蒸日上	繁花似锦

行业联

农林牧渔业

农　业

一元复始　　　　　山清水秀
万木逢春　　　　　人寿年丰

一年有庆　　　　　山河吐翠
五谷丰登　　　　　稻谷飘香

八方献瑞　　　　　千山竞秀
四季呈祥　　　　　万水争春

人勤春早　　　　　千枝吐秀
林茂粮丰　　　　　万物争荣

三春送瑞　　　　　丰收岁月
五福生根　　　　　康乐人家

天开美景 一院芝兰气
人乐丰年 满门稻谷香

日新月异 人喜三春早
鸟语花香 地肥五谷丰

风调雨顺 八方盈正气
国泰民安 四野荡春光

灯辉五夜 丰年飞瑞雪
雪兆三丰 美景舞春风

河山锦绣 万顷禾苗绿
岁月峥嵘 千山花果香

春临世界 山河添秀色
绿满人间 天地播春晖

柳生烟绿 开门闻喜讯
雪映梅红 举步见春光

梅开盛世 日月开新纪
雪映丰年 田园入画图

普天奏乐 节俭山河秀
大地回春 勤劳天地春

田园无限美　　　　和风吹绿柳
山水十分娇　　　　时雨润春苗

田间多好汉　　　　屋环花果树
村内少闲人　　　　门对米粮川

生产随春长　　　　桃红含喜雨
幸福与日增　　　　柳绿带春烟

百花开绿野　　　　铁肩担日月
五福入农家　　　　巧手绣山河

光景时时好　　　　雪映丰收景
桃符岁岁新　　　　梅开锦绣春

农家多喜气　　　　喜百花齐放
小院满春光　　　　庆五谷丰登

青山拥旭日　　　　勤俭山河秀
碧水泛春潮　　　　辛劳天地春

春风吹四野　　　　一夜东风化雨
喜气满千家　　　　五更爆竹迎春

春来瑞雪里　　　　大地百花竞秀
福到农家中　　　　新年五谷丰登

万紫千红争艳
五湖四海同春

马叫人欢春早
风调雨顺年丰

共喜春回大地
同迎福到农家

芳草逢春泛绿
梅花傲雪生香

春种满田碧玉
秋收遍野黄金

眼下小桥流水
胸中大业宏图

爆竹声声祝福
灯花闪闪迎春

一年生计勤商酌
四海春光任剪裁

一家欢笑春风暖
四季平安美景新

人怀大志村添秀
春满人间福到门

人杰地灵处处美
物华天宝时时春

十分春色千山秀
一带炊烟万户新

万里田园万里景
九州山水九州春

山川聚秀呈新景
天地生辉映福门

山河竞绘丰年景
天地同歌盛世春

山清水秀风光好
人寿年丰喜事多

丰衣足食千家福
丽日和风万户春

天开美景春光好
人庆丰年心气和

五风十雨丰收岁
万紫千红锦绣春

无限阳春回大地
几番瑞雪报丰年

日照山村生紫气
歌飞田野荡春风

日暖神州铺锦绣
燕寻旧主报平安

风清气正山村美
景丽春明大地新

四海升平同祝福
千家喜庆共迎春

鸟鸣花艳春光好
人寿年丰喜事多

地献粮棉山献宝
民增福寿国增荣

有脚阳春行大地
无声瑞雪育丰年

汗洒田园五谷秀
胸怀天地四时春

农家光景千年好
祖国山河四季春

花放三春香四野
门临五福乐千秋

时雨洒来千里绿
春风吹过百花香

青山不语花含笑
流水无声鸟放歌

金山银海丰收画
绿树红楼锦绣春

春动生机龙起蛰
物喧时令鸟催耕

春雨知时滋万物
朝阳有意暖千家

春到山乡处处喜
喜临农户家家春

春信万家传紫燕
山歌一曲动银锄

春联换尽千家旧
爆竹催开万物新

香浮小院梅花放
福到农家喜鹊鸣

科技兴农雨后笋
勤劳致富春中花

家有余粮人有德
鸟迎旭日户迎春

桃花溪水紫村笑
柳叶春风遍地歌

桃符映雪春光艳
庭院开梅喜气浓

笑甩贫穷落后帽
喜登富贵丰收堂

梅花带露迎寒放
柳色含烟伴雨来

黄涛绿浪诗中画
金谷银棉锦上花

喜鹊登枝枝吐艳
银锄落地地生金

新人新事新风尚
好雨好风好年成

粮棉遍野千村富
桃李满园万户春

碧桃红杏山村景
暖日和风小院春

碧浪千层春雨润
清风十里稻花香

万户更新春为岁首
三阳开泰梅占花魁

万紫千红百花齐放
三江四海五谷丰登

天复三阳群芳吐蕊
牛耕千顷五谷飘香

水色山光阳春千里
花香鸟语丽景九州

日丽风和山川添秀色
地灵人杰田野沐春风

布谷鸣春人勤物阜
瑞狮舞彩国富年丰

水秀山清风光日日丽
年丰人寿景物时时新

花果飘香桑麻挺秀
牛羊肥壮稻菽丰盈

铁臂飞扬山河除旧貌
银锄起落天地换新装

雨过山青青山吐翠
风和日丽丽日含辉

铁臂银锄巧扮河山丽
和风旭日精描天地春

春风得意马驰千里
旭日扬辉光照万家

翠柳摇风千林翔翠鸟
红梅映日万树绕红霞

春满九州百花吐艳
香飘四季万物生辉

杨柳林中杏雨几帘花木秀
燕莺声里春风一剪果蔬香

绿染千畴挥锄夺宝
春临四野洒汗成金

想衣食之源莫轻一亩三分地
观田园之锦当敬千辛万苦人

林 业

山川毓秀
松柏常青

叶青林茂
水秀山明

苍松倚日
翠竹凌空

青山不老
碧水长流

香飘四季
绿满九州

庭荣松柏
阶茂芝兰

高山蕴宝
林海藏金

一谷清泉唱
千山翠鸟鸣

竹松添翠色
桃李绽新葩

竹影有新意
松风含古姿

丹桂香千里
青松绿万年

有山皆竹木
无地不桑麻

有鹤松皆古
无花地亦香

红入桃花嫩
青归柳色新

红日出林海
春光追鸟鸣

红日辉林海
春风焕鸟音

花柳三春暖
云霞万里明

青山四面景
绿柳万家春

松风清耳目
花气袭心胸

春风吹大地
瑞气满山林

春到花成海
秋来果满枝

桃艳复含宿雨
柳柔更带朝烟

春到柳丝翠
秋来枫叶红

瑶草奇花不谢
青松翠柏长春

茶园香屋后
柳浪泛门前

一片晓烟杨柳绿
满园春色杏桃红

荒山成绿海
野壑荡春风

十年树木千秋业
一望江山万里春

柳眼风前绿
梅心雪后红

大地有泉皆吐玉
荒山无处不成林

柳笛穿林过
山歌带月行

万木迎春随水绿
百花争艳向阳红

封山培大树
造屋要良材

万木参天支伟业
千峰叠翠育英才

高山须厚土
大厦要良材

万壑松涛山雨过
千山花色水风生

有材已入选
无地不植林

千林鸟唱山增韵
四野花开果溢香

千峰苍翠吐春意
万亩碧波浴早晖

汗洒荒山山载绿
鸟鸣林海海飘香

风吹杨柳千山绿
雨润杏桃万里红

红梅染就千山秀
紫燕织成万木春

风声度竹有琴韵
月影写梅无墨痕

红梅绿竹称佳友
翠柏苍松耐岁寒

东风送暖千山绿
旭日生辉万壑春

芳树摇风翠欲滴
鲜花沐露艳同流

鸟欲娱人娇舌啭
花如爱客笑颜开

护林须晓造林苦
伐树当思种树难

冬寒更显苍松茂
春暖方知绿柳新

秃岭荒山成昔日
青峰绿海看今朝

百花园里珍禽舞
万木林中好鸟鸣

青山不老山犹秀
碧水长流水愈娇

竹园葱郁千嶂翠
林海苍茫万顷涛

青山不语花常笑
绿水无音鸟作歌

竹林葱郁千嶂翠
树海苍茫万顷涛

林间好鸟鸣新岁
溪畔纤杨露细枝

林间品酒赏红叶
石上题诗扫绿苔

造林植树山山绿
引水成渠处处春

松色巧描千岭翠
梅香普送万山春

梅花百树迎春到
垂柳千条送福来

春风吹绿千山树
旭日惊喧百鸟声

梅含秀色三江碧
柳拂朝阳四海春

春风送绿梳杨柳
细雨飞红点杏桃

梅放春前花似玉
菊开秋后色如金

春风得意花千里
秋月扬辉桂一枝

敢教荒山成林海
誓把沙滩变绿洲

柳绿杏黄千载福
桃红松翠万年春

绿屏碧嶂遮风砾
林海雪原育栋梁

祖国有山皆绿化
林区无处不清风

绿满林区山滴翠
春回茶场路飘香

造林直上千重岭
筑坝横拦万顷波

植树为求千代福
护林因葆万山春

造林造得千年福
蓄水蓄来四季春

植树造林描锦绣
插青播翠蔚春秋

参天大树山河秀
拔地华堂景色新

林木成荫无山不绿
沟渠结网有水皆清

林海重重株株是宝
高山漫漫处处皆金

春到林区千山滴翠
绿临茶场万篓飘香

植柏植松无山不绿
栽杨栽柳有岭皆春

植树造林山添秀色
开渠兴堰水泛春潮

植树造林包装大地
栽花种柳点缀山河

绿满林区千山滴翠
春临茶场万里飘香

装点青山造千壑绿
引来碧水理万泉清

异草奇花添几分春色
桩头盆景夺一代天工

林海为家怀十分春色
青山做伴树一代新风

春回大地林涛翻绿浪
日照神州草海涌金波

映日红梅香飘致富路
摇风疏柳绿染小康家

植树造林青山长不老
种草栽花赤县永流芳

装点江山林教千壑绿
造福后代水理万泉清

翠柳摇风喧千林翠鸟
红梅映日吐万树红霞

三月韶光常忆花明柳媚
一年好景难忘橘绿橙黄

红日照园林芳草年年绿
春风吹苗圃鲜花朵朵红

松柏得春风山岭着新貌
杨柳迎丽日田园弃旧装

树木又树人人人才出于桃李
造林即造福福泽荫及儿孙

岩上古松伸出龙头望月
园中嫩笋摆开凤尾朝天

举目看山山山葱郁山山宝
低头见水水水清凌水水银

雪化冰消还是梅红竹绿
风和日丽依然柏翠松青

喜江南柏翠松青风光正好
望塞北梅红竹绿气象更新

一枝丹桂月中栽秋香可待
数朵梅花雪里放春讯传来

插柳栽杨叶茂枝繁荣四野
种松植柏山清水秀蔚九州

四季香飘姹紫嫣红春不老
九州绿化茂林修竹草常青

翠柏苍松装成祖国千年秀
朝霞夕照染就江山万代红

纯净时空绿叶枚枚皆肺叶
清灵山水林涛阵阵化心涛

瑞雪染腊梅白里透红两三点
和风拂杨柳动中有静四五枝

绿在身边喜生态醉心良田养眼
梦圆爱里看垦区织锦林业添花

植下阳春根似龙须扎向油黑腐殖土
长成林网叶如凤羽摇浓碧绿大荒风

染心眸以绿春色常新原上勤飞植树鸟
还天水之蓝国仓永固林间屹立垦荒牛

百万亩绿波云涌风生尽彰显恢弘气象
几代人梦想心同力戮才建成生态花园

餐风宿露做劳模用绿色思维做强产业
植树造林铭史册凭先锋手笔写好文章

造绿色森林建生态家园笑看垦区天染绿
行金光大道谋小康事业欢歌宝地土成金

春生绿夏呈凉秋送爽冬抗风天时不老城乡富
岭植松园种果路栽杨堤插柳地利长青日月新

人把绿播山把绿披水把绿流芳菲北大荒可赏可歌可画
农凭林护民凭林富城凭林靓秀美新福地宜居宜业宜游

牧　业

人欢马叫　　　　　　槽头兴旺
春好景新　　　　　　厩内平安

人勤春早　　　　　　人勤牲口壮
草发畜肥　　　　　　粪多土地肥

猪羊满圈　　　　　　大地春光好
牛马成群　　　　　　牧区气象新

牛羊游绿野　　　　　　牛壮猪肥六畜旺
鹅鸭戏清波　　　　　　粮丰林茂四时兴

牛似南山虎　　　　　　水绿山青光景好
马如北海龙　　　　　　花香草茂马牛肥

草茂牛羊壮　　　　　　冬去牧区萌百草
山幽树木多　　　　　　春来大地绽千花

草细牛羊壮　　　　　　帐前雪酿丰收酒
料精猪马肥　　　　　　马上鞭催锦绣春

三春莺飞艳羽　　　　　草地春来千里绿
四季马跃轻蹄　　　　　帐篷喜到万家欢

贺岁草原披绿　　　　　牧牛曲里风光美
迎春梅岭飘红　　　　　花草丛中春意浓

人欢马叫升平世　　　　牧地有闲多赛马
燕舞莺歌锦绣春　　　　草原无处不飞花

牛马猪羊六畜旺　　　　牧草丛中春色美
鱼虾莲藕一池香　　　　放牛曲里笑声甜

牛羊肥壮猪盈圈　　　　春归北国醒芳草
鸡鸭成群鱼满塘　　　　冬去牧区红百花

春到草原满眼绿
喜临牧地合家欢

数声牧笛飘牛背
几朵鞭花响马头

马壮牛肥鸡鸭成伍
麻黄桑绿谷麦盈仓

四季赶花花香千里
三春酿酒酒醉万家

牧笛悠悠草原羊走
鞭花朵朵塞上马驰

草绿山青阳春有脚
羊肥马壮幸福无边

马壮牛肥土中生白玉
人勤春早地内产黄金

园有菜栏有猪自然日子能成富
田种禾山种树必定家庭多存钱

牧笛悠悠塞上牛羊走
鞭花朵朵草原骏马驰

春江水暖鹅鸭成群鱼跃
草茂山青牛羊遍野猪肥

骏马草上飞传一路喜讯
牧歌空中荡送万家春风

门对青山羊兔群群嬉碧毯
窗含绿水鹅鸭队队戏清波

种草种花勤引芳菲来大地
利民利己巧将翠绿洒人间

种草种花种树逐走人间浊气
养牛养马养羊打开世上富门

植柳栽桑种泡桐看青山常秀
采蘑摘果收药材喜翠岭生金

渔　业

一帆春色　　　　　鱼香飘万里
万顷碧波　　　　　红日映千帆

锦鳞焕彩　　　　　春潮新涨碧
春水生辉　　　　　银网广织歌

一帆云做伴　　　　挂帆时弄月
千里月相随　　　　摇橹自生风

云水无拘束　　　　轻舟腾巨浪
江天任去留　　　　鱼汛卷春风

水暖观鱼跃　　　　高枕随流水
花香听鸟鸣　　　　轻帆任远风

江水连天色　　　　船前红与紫
桃花隔世情　　　　桨外水如天

明月双溪水　　　　渔歌移远浦
轻波一钓船　　　　风笛弄斜阳

渔歌随浪涌
海货与山齐

万顷烟波天接海
千舱欢笑喜迎春

碧海澄朝曙
白帆望暮烟

万顷银波连绿野
一江春水泛红英

撒出千张网
收来万担鱼

千只轻艇迎风去
万担鲜鱼上网来

螺号催鱼汛
春风顺白帆

长空云破山推月
大海波平水接天

一泓春水鱼儿长
万里蓝天燕子飞

出海千船迎日出
归程万篓顺风归

一海浪涛一海笑
满船歌曲满船鱼

双桨荡开波面镜
一篙撑破水中天

几树斜阳晴晒网
一篷凉月夜吹箫

白云春暖千家乐
碧海波平万舶来

大江南北春风意
海峡东西明月情

白帆春暖兴渔业
碧海波平唱福音

万里烟霞凭啸傲
半江云水作生涯

白帆摇出东方日
银网收回南海潮

帆舞东风征大海
门临旭日乐渔家

海腾渔唱漂霞彩
天挂夕阳耀锦鳞

雨顺风调人出海
帆轻云淡船归家

晨风拂面扬帆去
暮色染舟踏浪归

金山银海迎朝日
牧笛渔舟唱晚风

港外群帆迎旭日
家中笑脸伴春风

金船冲破千重浪
银网收来万担鱼

堤外波光千里碧
船中春色万吨银

鱼香醉倒千重浪
螺号唤醒万户春

碧海金波朝旭日
春风银网耀朱鳞

河清海晏金瓯固
人寿年丰渔港春

碧波浩渺千帆舞
丹霞灿烂万般新

春风习习渔家乐
秋水粼粼夹岸欢

潮汛朝争歌满海
归帆夕映喜盈舱

春风晓月随流水
小曲轻舟载锦鳞

潮来海角千帆动
春到渔船万尾鲜

海上渔歌随浪涌
岸边欢笑逐风飞

日映清波龙门跃鲤
鹅浮绿水玉宇鸣春

鱼跃鸢飞春潮滚滚　　　　日照柳堤莺飞芳草绿
月圆花好喜气融融　　　　春来渔港水暖鱼儿肥

海笑人欢九州永泰　　　　迎朝霞出海劈千里浪
盐丰鱼跃四海长春　　　　载明月归航满万舱鱼

翠柳几行黄莺渔户　　　　鱼汛兴隆乐朝四海抛渔网
碧波千顷红鲤龙门　　　　锦鳞生色喜看五湖载富年

横　批

一帆风顺	人杰地灵	人寿年丰
三阳开泰	大展宏图	万象更新
万事亨通	门盈五福	门臻百福
五谷丰登	风调雨顺	户纳千祥
书香门第	生财有道	四季平安
四季呈祥	四海升平	吉祥如意
百业兴旺	百事大吉	年年有余
向阳门第	壮志凌云	花好月圆
欣欣向荣	鸡鸭成群	幸福人家
拥军爱民	国泰民安	和睦家庭
艰苦创业	春光永驻	春光明媚
春回大地	春色满园	春意盎然
春满人间	春满乾坤	科教兴农
祖国昌盛	美满幸福	恭贺新春

莺歌燕舞　　　喜气盈门　　　勤劳致富
鹏程万里　　　新春吉庆　　　满院生辉

工矿制造业

通　用

乡间多好汉　　　　　产品优良利通四海
厂里有能人　　　　　信息灵敏财聚三江

改善经营管理　　　　政策入心财源茂盛
提高技术水平　　　　春风化雨生意兴隆

人变精神厂变貌　　　攻技术难关为乡村创业
车如流水马如龙　　　造名牌产品替祖国争光

生产科研双胜利　　　守信誉经营财源通四海
精神物质两丰收　　　保优良生产商品达三江

江山万里春光艳　　　爱厂如家养成节俭勤劳习惯
厂矿千军气势雄　　　奉公克己焕发奋争拼搏精神

采矿业

采矿业通用

东风解冻　　　　　　一矿平安千户喜
矿业迎春　　　　　　三春和暖九州新

春天新岁月　　　　　科学一门生百福
矿业富家邦　　　　　安全二字值千金

矿乘千里马　　　　　排水通风贵如珠玉
人上一层楼　　　　　敲帮问顶重若斗山

牵挂直通井下　　　　千米悬心寸寸关联生命线
安全永记心头　　　　全家系爱天天感化太阳神

矿灯光照安全路
巷道情连幸福家

警字高悬人字高书万丈民情深似海
矿灯常拭心灯常亮一星斑点大如天

井下小乾坤生命易摧故要千般呵护
巷中微气象风云难测因须百倍提防

棚户区改造
家居煤海畔
人乐画楼中

矿区添重彩
棚户易琼楼

楼摩天宇近
心比矿灯明

棚户尽随春换色
矿工同谢党关心

出棚迎旭日
入户浴春风

陈年似梦留棚户
朗日当空上玉楼

策善新居暖
人和老矿亲

千幢高楼飞笑语
百年老矿绽新花

矿山兴骏业
棚户展新姿

井架巍巍迎旭日
矿灯闪闪照新居

煤矿业
春潮溢彩
煤海增光

春风鼓劲
煤井生金

矿山迎日早
煤海聚财多

煤海喜传春气早
矿山凯奏岁华新

矿场开泰运
煤海暖新春

八方瑞雪漫天锦
一矿乌金遍地春

煤田广种安全树
矿井长流幸福泉

采向地层夸富足
取来幸福得春华

心随煤海翻成浪
春共诗情化作潮

探穴采精华千家送暖雪中炭
环山萦瑞气一矿争春锦上花

煤场寻求长治策
矿工争念小康篇

生命胜乌金不重安全何来效益
规章连福祉远离事故留住平安

煤田探宝炽热为怀欣观万里皆春色
人命关天平安是福欢聚一堂最好音

生命如天煤源如海焕彩长天辉瀚海
安全是树效益是花驻春大树放娇花

石油和天然气开采业
地中油海
世上明灯

深山献宝
大地喷油

走铁人道路　　　　　　　土地掘开来宝气
学大庆精神　　　　　　　山川凿破有原油

钻出石油富国　　　　　　穿山掘地油如水
辟开宝藏利民　　　　　　发电推船力竞神

多少艰难创业史　　　　　如林铁塔高耸云天抒壮志
万千覆地翻天人　　　　　似海油田纵横大地唱欢歌

金银矿业

光腾银汉　　　　　　　　惟精诚所感能开金石
辉映金山　　　　　　　　兴山泽之利以致富强

天生日月光环宇
地有金银富国家

石料厂

嶙峋成大器　　　　　　　凿石不须力士力
磊落有良工　　　　　　　移山颇类愚公愚

自以心灵施砥砺　　　　　娲皇炼来天为之补
应教顽石作琳琅　　　　　愚公移处山为之开

制造业

面粉厂

旋转如飞雪　　　　　　黄云曾取双头麦
运装似卷云　　　　　　白雪今飞六出花

积聚八方特产　　　　　堆雪飞云巧归机械
提供五谷杂粮　　　　　分金析玉利在簸扬

榨油厂

功能伴膏腴　　　　　　此日佳肴饭香菜美
风味佐园蔬　　　　　　他年大业虎跃龙腾

欲荣经济富天下　　　　机响如雷惊动满天星斗
先以膏泽布世间　　　　油光似月照开万里乾坤

酱菜厂

调和五味　　　　　　　瓮香浮芍药
服务万民　　　　　　　鼎实配酱盐

金鼎酸咸皆适口　　　积聚玉缸香万日
玉钵滋味好充肠　　　调和金盏暖千家

豆制品厂

千囷存玉屑　　　无需人力璇玑动
百斛量珠尘　　　巧夺天工玉屑飞

推移方有粉　　　玉屑凝成营养品
圆转本无环　　　银浆结出琳琅花

服装厂

金针凤舞　　　时装随节候
玉尺龙飞　　　花色似奇葩

精心下料　　　玉剪裁成鲜五彩
量体裁衣　　　金针引出靓三春

云里天孙饰　　　时装任我精心制
人间锦绣文　　　美服凭君如意挑

收来千匹布　　　量体裁衣匠心别具
缝出万家春　　　穿针引线妙手常新

燕剪裁来敢夸手巧
鸳针度处别出心裁

刺绣厂
云蒸霞蔚　　　　　　　巧比天孙工织锦
锦簇花团　　　　　　　轻如仙子稳凌波

丝纶常执掌　　　　　　花随玉指添春色
经纬自分明　　　　　　声引秋丝唱晓风

万国山川藏彩线　　　　金缕机中抛锦字
四时花鸟贮金针　　　　银花廊下映竹栏

印染厂
缸中染就千般锦　　　　六宫粉黛几无颜色
架上飘来五彩云　　　　五彩斑斓大有文章

浅深总可如人意　　　　妙手调和一江春水
浓淡皆能称客心　　　　能工巧染五色祥云

欲待春花明锦绣　　　　嫩绿娇红添就几般春色
先从晓月焕丝纶　　　　轻黄淡白染成一段秋容

工艺品厂
匠心独运
妙手成春

娇红嫩绿添春色
淡白轻黄具玉容

莹莹似玉
栩栩如生

玉出山中琢而成器
石生水底雕以见珍

天孙曾授巧
国士自称奇

南海珍珠北山琥珀
石中宝玉水底珊瑚

银花呈异彩
宝树献金辉

铁笔能操宁同刻鹄
金章可琢莫笑雕虫

工于肖物皆精妙
艺可传神乱假真

木器厂
小品制桌椅
人材做栋梁

高材皆中选
适用最相宜

精工为世用
美器在人成

锯子裁开新世界
斧头砍去旧东西

绳墨巧于奚仲
斧斤高出公输

艺巧鲁班动斧如无迹
技高轮扁运斤似有神

佳木从来堪作器
良工自古不遗材

当年叶绿身高千鸟乐
此日颜新色美万家欢

实用对联新编

莫叹良材多解体
还疑仙术可分身

竹器厂
良工手段
君子心情

翠竹编成千种雅
青条织就百般精

虚心成大器
劲节见奇材

玉片银刀财延天下
柔身素手春在编中

每存游憩名山念
常具支持大厦材

竹屋纸窗素多雅趣
虚心直节确是奇材

密林深处美姿舞
巧匠手中妙态生

印刷厂

天机活泼　　　　　　仿古于今尚留本色
大块文章　　　　　　聚零为整尤贵新装

不失本来面目　　　　光彩鲜明丝毫不爽
依然如此葫芦　　　　神情活泼巨细无遗

鎏金映出千行锦　　　彩色调和卷卷图文并茂
点石刻成五彩文　　　心机相印天天技术革新

几次修玩为散佚　　　排比精工莫笑葫芦依样
一经装订便成编　　　流传迅速须教机械从心

万言日出生花笔　　　石亦能言笑诸公文章印版
四海风行传惠书　　　铁堪作笔有众手大雅扶轮

印出华文歌盛世
刷成锦翰赞新天

制药厂
选材详百草
饮片配良方

休赞老君炉火旺
喜看新手技能精

科研桂露金成液
香溅橘泉玉做丸

橘井名高取精选粹
药炉春暖炼石成丹

消忧去疾身长健
除害逐邪品自高

橘井香流散作回春甘雨
鼎炉火暖烧成济世金丹

金属加工厂
是金曾入冶
非茧亦抽丝

唤醒仙境千金梦
扮靓人间百业春

五金之外有余业
百工相传无弃材

黄金有价诚无价
饰品无声信有声

敲金戛止千锤下
制器方成百炼精

铜铁金钲无非器用
唾壶脂盏总是生涯

若金在熔刚柔相济
治丝不紊条理分明

金属冶炼厂

一炉鼓响
万吨钢成

鼓风吹绿炉边柳
钢火映红心上花

钢花除旧貌
铁水接新春

团捏泥沙堪作范
销熔炉火自成型

钢花照地灿
炉火耀天红

万道铁水汇成海
百丈钢炉耸入天

销熔归大冶
锻炼出洪炉

豪情催沸千炉铁水
汗水浇开万吨钢花

热汗高温熔硬铁
高炉烈火炼红心

炉火通红红光辉笑脸
钢花飞彩彩气耀年华

人与钢花同灿烂
心随铁水共奔流

钢花耀彩云给山河织锦
铁水腾红火为宇宙争春

天空云彩钢花织
祖国宏图大众描

夕铸朝熔成就红心赤胆
千锤百炼献出铁骨钢筋

铁水奔流大写流金岁月
钢花飞溅高歌溢彩人生

诚信鼓风大爱燃情丹心一片入炉炼
金光耀眼笑容满面春色千般迎客来

陶瓷厂
抟沙成器　　　　　　光润同珠玉
范土为窑　　　　　　调和若鼎铛

形佳状彩　　　　　　金玉不惭尔质
外秀中坚　　　　　　方圆各范其形

彩瓷成器皿　　　　　雨过天青千古色
优质利民生　　　　　花留水彩四时春

磁窑称旧制　　　　　壶觞陈列新花样
秦缶仿名工　　　　　陶甓勤劳旧职司

青烟浮六合　　　　　唯师杜氏求金术
翠色夺千峰　　　　　须有陶公运甓心

团瓷工做器　　　　　雨过天青珐琅异质
运甓善操心　　　　　水清沙白抟埴名工

范土为窑团沙成像　　　　规模在竹范金熔而外
挈瓶殊智击壤同歌　　　　声价居鲁壶秦罐之间

是铁是瓷亦陶亦冶　　　　满店陶瓷皆十亿人生存所系
有文有质如漆如胶　　　　百般工艺是五千年传统相承

一日三餐交情不浅
十盆八碗绮席争辉

电镀厂
青龙进海　　　　　　　　进门乌头黑脸
白马出山　　　　　　　　出厂雪肤银身

光泽如冰雪
亮度赛银光

包装厂
四周佳人面　　　　　　　周围云彩丽
内中才子心　　　　　　　五色月华新

汽车厂
一路东风酿造人间美景
两行车印撰书天下新诗

蓝鸟识商机衔得春来枝上弄
天龙争速度挹将路向月中伸

厂闯雄关众志拧绳拴日月
车驰新纪四轮逐电丈乾坤

两行轮迹大道悠悠通富路
一响笛声长车滚滚唱华年

标致一新品位一流天籁有声频报捷
东风万里阳光万道车城无处不飞花

乘东风逐日追云一路高歌吹响和谐妙曲
看蓝鸟扬威鼓劲千程奋进喜迎发展大潮

喜闻二三声汽笛悠扬气韵如歌把小康送上快车道
好借千万里东风激荡豪情似火为大众架通幸福桥

荆花约我莲蕊催君壮游画里江山锦路条条连港澳
海峡牵情乡关寄梦遥赏潭中日月心车夜夜到台澎

废旧回收加工业
我岂肯得新忘旧
君何妨以有易无

百废待兴品而第之奉岁首
收离聚散厉行节约迎新春

鸡肋如何弃之谨慎
文钱得趣淘也怡然

电力、燃气及水的生产和供应业

电力行业

窗外千家灯火旺
心中一片大光明

用电燃情敢点星河天不夜
捧心播爱尤襄骏业世长春

掌万家灯火为江山生色
看一派光明让日月增辉

热力生产和供应业

红火红心火心虚人心实
金龙金运龙运盛国运兴

驱走严寒大块春阳生我手
送来温暖洪炉红火旺君家

热力生春烈火熊熊堪煮海
真情动地暖流滚滚可融冰

燃气生产和供应业
管道燃情情关万户忧和乐
春风带笑笑送八方暖与光

水的生产和供应业
注入爱心将爱意融于一管
汲来春水把春天送往千家

清浊系民生四季源头无染
开关连社会千家净水长流

万物之需一滴犹知清水贵
千秋以善片时不让浊流生

建筑业

建筑队
安居乐业
美满宽舒

层楼叠起
万众欢欣

广厦连云起
春风送暖来

让户户生活美满
使家家居住宽舒

楼阁三春秀
庭院四季新

添瓦加砖筑大厦
安居乐业住新楼

大厦落成工匠巧
雄文草就秀才灵

矗起摘星脚手架
建成揽月摩天楼

万丈高楼平地起
千层大厦手中兴

妙手丹心绘就宏图千万卷
能工巧匠筑成广厦万千间

千村画栋连云起
四季鲜花遍地开

海市蜃楼甘泉涌现壮志雄心一腔血
仓房广厦伟业腾飞钢人铁马万里天

看长桥大道巨厦商楼立异标新登虎榜
喜勇将强兵雄心壮志乘风破浪拓鹏程

建造本多端必须因地制宜事事经营充国用
设施求合法惟在洽情推理时时活动裕民生

砖瓦厂
炼就娲皇石
磨成学士砖

建成大厦高华宅
留与后人久远居

建起高楼大厦
造福城市乡村

愿天下都居大厦
祝世间永别危房

如琢如磨雕碧玉
绘香绘色映丹墀

如琢如磨雕成碧玉
一砖一瓦建起高楼

水泥厂
下宜袭水土
辱岂在泥涂

入水和成三合土
兴工端赖一丸泥

献身擎大厦
捐躯建长虹

水里擎身居大厦
泥中驻脚贯长虹

散装水泥业

为散装材更优更省
发凝聚力至大至刚

散开约束搅拌机中尤紧密
装进和谐混凝土里更刚强

何惧行艰致力减轻污染
莫言形散用心凝固永恒

做散装事非散漫人十方环保十分责
用预拌浆收预期果一项工程一面旗

散装以俭储运以佳上善以臻欣若水
环保更强起居更好长春更筑喜抟泥

持科学观持发展观实施预拌散装伟业四时红胜火
为自身计为子孙计注重节能环保春光万里锦添花

散装合理预拌赢心水泥固万里江山八方紫燕争衔玉
环保无虞物流有序产品兴千秋事业九曲白云不染尘

横　批

一日千里	一代风流	一刻千金
工农携手	大显身手	大展宏图
文明富裕	巧夺天工	壮志凌云
生财有道	生意兴隆	百业兴旺
百事大吉	安全生产	希望大成
国富民强	艰苦创业	物美价廉
春风惠我	春光明媚	春华秋实
城乡交流	前程万里	政通人和
政策归心	继往开来	捷报频传
普天同庆	增产节约	鹏程万里
繁荣经济		

流通服务业

通　用

一腔和气　　　　万民便利
四面春风　　　　百货畅通

三阳启泰　　　　五金利市
四季亨通　　　　万象回春

交流百货　　　　　物美广销路
信誉千金　　　　　价廉称客心

兴隆大业　　　　　货好门如市
昌裕后人　　　　　心公客自来

琳琅满目　　　　　琳琅满目货
宾客盈门　　　　　买卖称心门

广招三倍利　　　　温暖如人意
远集四方财　　　　精良动客心

生意如春意　　　　交以道接以礼
财源似水源　　　　近者悦远者来

巧理千家货　　　　喜集八方精品
诚招四海春　　　　笑迎四海嘉宾

百货如云集　　　　满面春风待客
万川汇海通　　　　一团和气生财

多想生财道　　　　三尺柜台传暖意
广开致富门　　　　一张笑脸带春风

财源通四海　　　　三尺柜台连四海
客路达三江　　　　满腔诚意暖千家

门中不缺应时货
营业常存周到心

喜待东西南北客
乐谈姐妹弟兄情

门迎春夏秋冬客
店纳东西南北财

满面春风迎客至
四时生意在人为

门迎晓日财源广
户纳春风吉庆多

三尺柜台张张笑脸
一间商店阵阵春风

生意如同春意满
财源更比水源长

三尺柜台情连万里
一声暖语意到千家

百货风行财政裕
万商云集市声欢

内外交流东西俱备
城乡互助南北兼营

百般货色财源广
满面春风顾客多

百问不烦百拿不厌
笑容常在笑口长开

名牌誉满三江水
好货品招四海宾

春满柜台五光十色
货盈橱架万紫千红

货向千家万户送
门朝四海五湖开

顾客如川川流不息
生财有道道畅无穷

贸易中春风和气
权衡上白日青天

三尺柜台迎八方顾客
一腔诚意拂二月春风

营业讲文明八方传誉　　　天有星秤也有星要公平交易
经商重礼貌四季生财　　　货是宝客更是宝宜仁义经营

晓日腾云财源胜似泉中水
春风送暖生意如同锦上花

交通运输和邮政业

汽车队

车通富路　　　窗摄诗情画意
人奔小康　　　路连秀水青山

穿山越岭　　　山岭削平成大道
戴露披霞　　　江河跨越架虹桥

车辆如梭去　　　飞轮滚滚歌盈路
佳音似电来　　　马达声声情满怀

康庄成大道　　　水陆运输齐发展
轨辙利行人　　　城乡物品互交流

车达千村万寨　　　千里马行望尘莫及
情传四面八方　　　一声虎啸闪电如飞

礼让三先为人为己 　　春夏秋冬康庄大道
平安一路利国利家 　　东西南北敬业深情

公交公司
城建建新居居在花园居安盛世
公交交好运运来和气运去春风

路如谱线车似音符长奏响公交美韵
政布和风人圆好梦更迎来都市新春

老表贺年来有腊酒飘香但把欢欣书脸上
小康如约至正春风得意直将喜悦挂眉梢

悦八方宾客心底春潮眼里霞光送往迎来肩大任
播一路文明城中动脉街头名片倾情献爱树新风

乘客请登本车服务一流安全舒适今蒙厚爱诚相谢
下车好走诸客前程万里发达辉煌后会佳期复结缘

城市地铁
两行铁轨两行韵　　铁履追春步为文明提速
一路春风一路歌　　丹心汇暖流给幸福加油

地铁载民心一程喜气一程笑
巨龙腾玉宇九域强音九域春

将无限诚真铺设两行八方脉动和谐韵
把万千希望放飞四海一路歌吟幸福诗

水上运输业

双轮鼓浪　　　　　　　澄波影里星辰动
一笛回风　　　　　　　明月船中诗酒歌

船中渡日月　　　　　　飞觞共醉天边月
水上看风光　　　　　　俯首时观水底鱼

巧借风帆力　　　　　　满载夕阳满载月
端赖水火功　　　　　　一船胜友一船歌

几经风雨几经浪　　　　载酒每邀新月色
一路平安一路歌　　　　临流快听颂时歌

迎来送往越天堑　　　　夕阳桂楫寻诗客
破浪乘风渡险滩　　　　远水兰槎载酒人

彩云伴月明如镜　　　　激汽鼓轮大川利涉
画舫迎波浪似花　　　　乘风破浪壮志堪酬

羡祖生击楫中流海外
效元干乘风破浪天涯

轮行大海中喜看瑞气逐航春风争渡
人在瑶台上醉赏烟波浩渺玉宇苍茫

航空运输业
机越千山万水
情送四面八方

跃上高空程万里
迎来胜友客千家

漫云无翅天难上
为因有志空可凌

邮政业
传邮万里
送信千家

能传千里话
可省百人劳

置邮传命
为政在人

平安劳远报
消息喜常通

传递千家语
往来两地书

乐递千家喜悦
何辞万里风尘

传平安喜报
送热恋情书

千里春风劳驿使
三秋芳讯托邮鸿

政风好似春风暖　　　　　鸿雁翱翔为祖国传捷报
邮运长随国运兴　　　　　铁骑驰骋替人民送好音

总把春风邮万里　　　　　鸿羽染霞飞传芳讯越千岭
常将喜讯寄千家　　　　　绿衣献爱投递春风进万家

一袭绿衣春使者　　　　　传递爱心世上多情风益暖
千家紫燕我知音　　　　　奔忙仙境春中有我绿尤浓

涉千山波传边塞讯　　　　一路送春风温暖千家万户
跨万水信寄岭南情　　　　八方传喜讯鼓舞北地南天

越水穿山送四方讯息
披霞踏雪传两地情书

信息传输服务业
机关原敏捷　　　　　　　运指能知天下事
消息自流通　　　　　　　随身尽诉域中情

佳讯从天降　　　　　　　一年喜讯偕春至
喜音逐电来　　　　　　　万里欢声祝福来

口袋虽微装国际　　　　　手中信息传天外
天涯固远在机中　　　　　网上知音到眼前

彩铃带福传龙韵
飞信衔春引凤歌

异地音书凭一线
远方信息寄微波

从此谈心多捷径
何须握手始言欢

消息可通千里外
得来只在须臾间

捷报频传山海事
佳音快达故人情

红线频传九州芳讯
电波播送万国新闻

万里远牵乡国梦
一丝长系故人情

长空寄语电脑为媒好事成全花月下
宽带传情银河有约新婚燕尔蜜糖中

批发和零售业

百货店

一尘不染
百货无欺

云霞五彩
锦绣千重

丰盈百货
萃集八方

交流百货
信诺千金

万民称便利
百货更畅通

四壁生辉星罗棋布
八方焕彩霞蔚云蒸

价廉销路广
物美招人多

百业鼎新一团热火
万商云集满面春风

柜里春风暖
店中百货全

百货无欺经商有德
一尘不染奉公以廉

商店春风暖
柜台货物全

富国兴邦千行似火
丰衣足食百货如山

五湖生意如云集
四海财源似水来

一载复一年一尘不染
百人挑百货百问不烦

柜上喜迎四海客
门前欢送八方宾

有道经营货备五湖四海
周全服务心怀万户千家

货物花姿多似锦
经营态度暖如春

小店春临五光十色连四海
柜台货满万紫千红暖百家

春满柜台宾客至
货盈橱架利源开

四壁生辉春色一楼争锦绣
八方来客商城百货占风流

桃李春风花有韵
芝兰香气玉无瑕

礼貌经商送出柜台百样货
文明待客献来群众一颗心

货好誉千家不愧诚中取利
楼高盈百丈专从微处便民

开八面窗迎四方客财源茂盛
怀一腔爱解百样难生意文明

服装店

巧呈千般锦
装扮万里春

中西内外时装美
春夏秋冬花样新

巧呈千样锦
点缀万家春

玉剪裁成四海锦
金针引出五湖春

衣人德自暖
被世岁无寒

男添潇洒女添俏
夏透风凉冬御寒

接来千丈布
绣出万家春

肥瘦短长皆有度
细精表里尽其能

一双妙手夸针织
万里春光任剪裁

轻黄淡绿齐生色
姹紫嫣红总入时

人间秀色千针织
世上春光一剪裁

剪绿裁红妆彩色
迎男送女美仪容

云霞托出一轮月
服饰拥来万朵霞

欲化人身做蝴蝶
不劳女手绣鸳鸯

愿将天上云霞彩　　　　　万线千针化作美中旋律
化作人间锦绣衣　　　　　一尺双剪裁成身上春秋

巧手裁来满山锦绣　　　　巧手红心裁出满街锦绣
红心饰出遍地春光　　　　飞针走线饰成遍地春光

独运匠心裁七尺锦　　　　剪凤裁龙激情荡漾三江水
天成妙手扮四时春　　　　飞针走线巧艺和谐万众心

嫩绿娇红上林春色
浅黄淡白老圃秋容

五金店
交流百货　　　　　　　　物配五行金当为首
信誉千金　　　　　　　　名列三品铁寓其中

光照天边月　　　　　　　音响娱心荧屏悦目
寒凝涧底泉　　　　　　　虹霓七彩信誉千金

货源出故土　　　　　　　七彩霓虹显光明世态
身价重南金　　　　　　　五金交化彰康乐丰姿

日杂店
万物我皆备
千金利自充

供人家用天天足
乐我财源点点来

休嫌生意小
聊备不时需

货无大小皆齐备
物纵零星不怕烦

七事预存供客急
一般常备解君忧

货物零星分上下
柜台罗列满东西

三更来客三更卖
半夜敲门半夜开

零零星星分惠南北
拉拉杂杂都是东西

罗列万般供日用
流通百货广财源

安于小精于小一柜针头线脑
忙其中乐其中满店笑语欢声

家具店
南金东箭
修柏乔松

椅中铺锦
座上衬纹

不辞斧斤苦　　　　莫将不器论君子
好正世间材　　　　能解虚心是我师

劲节思君子　　　　造就千姿华丽具
虚心应世人　　　　装潢百姓小康家

枝蔓皆成器　　　　刮垢磨光成君子器
方圆尽任心　　　　疏通致用得高人风

小品堪成桌与椅　　点缀新居满堂春色
大材留作栋和梁　　装成家具一室霞光

月明楼上珍珠卷　　手巧艺高装扮家居能出彩
风暖帘前翡翠重　　货真价实打开铺面广招财

良工造物惟其巧　　金木联盟一改新居旧面貌
大匠诲人必以规　　中西合璧更添旧室新光辉

雨卷珍珠高阁晓
风开斑竹画堂春

灯具店

春城不夜　　　　　不愁夕阳去
银线生辉　　　　　还有夜珠来

花放山河丽
光辉天地新

高悬如皓月
远照若明星

满室如明昼
流光夺月辉

日月知心辉万里
云霞达意泽千家

百尺高悬如皎月
一灯远照若明星

光耀九天能夺日
辉煌一室胜悬珠

一派光明乾坤生色
万家灯火日月增辉

四壁生辉春风拂面
百花吐艳喜气盈门

灯火辉煌江山异彩
花团锦簇天地新容

珠玉光辉琉璃世界
中天皓月居室明星

点亮生活掀起辉煌一片
启明时代迎来曙色满天

钟表店
可取以准
勿失其时

待时而动
不叩自鸣

分阴宜爱惜
刻漏最精奇

和时间赛跑
催志士建功

一刻勿虚岁月　　　　　　千秋岁月千秋福
十分珍惜年华　　　　　　一寸光阴一寸金

钟漏令人警醒　　　　　　刻刻催人资警醒
好书使我开怀　　　　　　声声劝尔惜光阴

二十四时凭我报　　　　　人当珍重年年日日
万千百事任君行　　　　　表亦爱惜秒秒分分

万千星斗心胸里　　　　　滴滴声声莫把光阴虚度
十二时辰手腕间　　　　　圈圈转转并非岁月重回

眼镜店
秋毫明察　　　　　　　　胸中存灼见
日月重光　　　　　　　　眼底辨秋毫

喜观春色　　　　　　　　好句不妨灯下草
明察秋毫　　　　　　　　高年能辨雾中花

江山澄气象　　　　　　　唯愿得来心共照
冰雪净聪明　　　　　　　自然看后眼同明

春风常识面　　　　　　　用之则明形悬日月
秋水惯传神　　　　　　　配之如意洞察乾坤

眼中世上沧桑几多忧乐
镜里人间色相格外分明

药　店

艾早三年蓄
功堪百病除

但愿世间人永寿
何愁架上药生尘

杏林枝叶秀
药苑果花香

春日带云锄芍药
秋风和露采芙蓉

所言皆药石
立意尽慈悲

虽无刘阮逢仙术
只效岐黄济世心

药中甘味少
店里热情多

橘井流香三世业
杏林飞雨万家春

芝草带云拈去绿
橘泉和月掬来春

深明佐使君臣礼
远萃东西南北材

百草回春争鹤寿
千方着意续松年

架上丹丸长生妙药
壶中日月不老仙龄

花放杏林滋气血
药生兰室补腰身

金液银丸均是活人妙药
灵枢玉版无非济世良方

烟酒店

无益原应戒
少抽或不妨

水如碧玉山如带
酒满金樽月满窗

叶似黄金美
香生紫气浮

杨柳晚风醇厚酒
桃花春水幸福人

光浮竹叶翠
色借郁金香

画栋前临杨柳岸
青帘高挂杏花村

幽兰君子德
香草美人心

呼吸间云烟变化
座谈处兰桂芬芳

山径摘花香酿酒
竹窗留月夜酌茶

饭后酒余一枝聊赠
花前月下两意相投

个中滋味频尝取
纸上烟云任卷舒

得意言辞甘如蜜酪
交心气味香似芝兰

水果店
交梨火枣　　　　　　　　尝来皆适口
沉李浮瓜　　　　　　　　咽去自清心

冰桃雪藕　　　　　　　　仙果赐来人益寿
绿橘黄橙　　　　　　　　珍盘列出客尝鲜

未上瑶池宴　　　　　　　沉李浮瓜添雅兴
已成蟠桃仙　　　　　　　望梅扑枣佐清谈

李桃交谊厚　　　　　　　佳制登盘多色香味
橘柚及时登　　　　　　　奇珍满架有桃李梅

青山沐雨露　　　　　　　柑橘飘香雪梨带露
闹市献甘甜　　　　　　　枇杷鲜脆梅子清酸

水产店
三江美味　　　　　　　　四时佳品
四海奇珍　　　　　　　　一店活鲜

奇珍来海国　　　　秋风犹得动张翰
异味备天厨　　　　白雪已能兴鲁直

半夜早潮声如梦　　烹鲜无待临渊羡
一江春水鸭先知　　食脍何须缘木求

兔动冯谖弹铗叹
喜随范蠡获金多

玻璃店
春风初识面　　　　看天尘不染
明月本无心　　　　在匣水常清

台上冰华澈　　　　一尘无所染
窗前月影清　　　　万里亦能光

当窗尘不染　　　　当镜秋毫明察
出匣月同明　　　　临窗日月重光

光明无障碍　　　　瑶台未必如斯洁
渣滓尽消融　　　　玉宇何尝若此明

乍来清净地　　　　岂止佳人施粉黛
如履水晶宫　　　　还宜学子整衣裳

似月停空眉写翠
如珠出匣脸传红

水月镜花别开生面
山川草木蔚为大观

光明铸出千秋鉴
气冷凝出一片冰

秋水为神寒冰做骨
春风识面明月当身

但愿得来心共照
自然看去眼同明

珠玉腾辉琉璃焕彩
天中皓月海外明星

住宿和餐饮业

住宿业

一樽开夜月
千里盼停云

日将夕矣君何往
鸡既鸣之我不留

共对一樽酒
相看万里人

今晚栖身留燕寓
明朝展翅赴鹏程

莫言身是寄
能使客如归

他乡故国虽千里
芳草奇花总一春

门迎春夏秋冬客
店宿东西南北宾

地角天涯千里客
五湖四海一家人

过客相逢因止宿　　　胜友如云高朋满座
征途到此便为家　　　楼台得月花木逢春

相留燕赵齐梁客　　　绣被锦衾情深似海
借寓东西南北人　　　琼楼玉宇誉重如山

烟外暮钟催倦鸟　　　宾至如归少安毋躁
林间残照促归人　　　客来不速小住为佳

中彦西英望门投止　　玉宇琼楼迎来春夏秋冬客
南来北往扫榻相迎　　锦衾绣被温暖东西南北人

春夏秋冬川流不息　　红日坠西行客身疲堪止步
东西南北宾至如归　　群鸦噪晚离人马乏可停骖

餐饮业
一枕黄粱熟　　　杯中倾竹叶
三餐白米香　　　人面笑桃花

人游千里外　　　闻香宜下马
兴在三杯中　　　愿醉且登楼

巧为百样菜　　　举杯歌盛世
喜待四方宾　　　对酒庆丰年

座上客常满
樽中酒不空

烹煮三鲜美
调和五味香

楼外乾坤大
壶中日月长

一楼风月当酣饮
万里溪山豁醉眸

五味烹调香万里
三餐饭菜乐千人

五湖四海宾朋至
一日三餐饭菜香

水如碧玉山如黛
酒满金樽月满楼

水陆兼陈山海味
友朋尽兴主宾欢

玉液香浮斟美酒
银丝细切借吴刀

竹叶杯中春有色
杏花村里客多情

买酒取来春几许
消闲休问夜如何

佳肴美酒厨常满
送客迎宾座不虚

酒闻十里春无价
醉酌三杯梦亦香

菜美饭香留客早
桌丰杯满映春红

烹调麻辣酸甜味
招待东西南北人

几净窗明春风满座
饭香菜美雅客如云

山雨欲来迎风把盏
夕阳将下醉月飞觞

胜友常临可修食谱
高朋雅会任选山珍

竹叶杯中万里溪山闲送绿　　以酒酬宾三巡过后心中暖
杏花村里一帘风月独飘香　　举杯邀月一窖揭开天外香

佳肴一席畅谈去岁欢心事　　凭诚信铸金四季肴香开盛宴
美酒三杯喜庆今年如意春　　酿春光为酒八方客至醉桃源

小店称心扯片春光调五味
嘉宾入座播些新曲佐三杯

金融业

银行通用

广开财路　　　　　　　　　以小额储蓄
巧管资金　　　　　　　　　做大块文章

陶朱事业　　　　　　　　　生财有大道
端木生涯　　　　　　　　　信用得中孚

堆金积玉　　　　　　　　　母子相权策
聚宝藏珠　　　　　　　　　重轻为制谋

储来备用　　　　　　　　　常存小额款
蓄以有余　　　　　　　　　可聚大盘金

涓滴成大海
垒土聚高山

储蓄为盆常聚宝
勤劳似树可摇钱

四时恒满金银气
一室常凝珠宝光

一纸风行生财有道
万商云集获利无边

自古辛勤能造福
从来集腋可成裘

尽力开源资财不竭
厉行节用周转有余

金融富似春初草
事业繁如锦上花

存进春风取出秋果
贷来希望兑现幸福

海阔凭鱼龙腾跃
金多助经济腾飞

巧手理财常将肥水浇薄地
慧心创业敢把白云化彩虹

积少成多储为本
化整为零蓄领先

农业银行
银花映日三春暖
金穗飘香五谷丰

农事在行耕耘岁月摘金穗
春风开户储蓄云霞赚彩头

金穗惠三农贷给千家福满
银根通百业融来万里春长

追求卓越展示温馨替和谐授信
服务三农助扶百企为发展融资

信用社

信诚至上
用户为尊

信为拓宽致富路
用以打开聚财门

开源辟富路
储蓄积资金

储入余钱心自乐
蓄来至宝手常勤

广辟财源兴大业
长期积蓄利家园

积少成多节约为本
集零为整储蓄当先

为国理财功在国
代民储蓄利于民

能不花就不花聚财为国
可节省便节省储蓄利家

但为周旋宜两便
敢云缓急以相通

铺万缕情丝织春还织梦
绘三农景致联社更联心

春风环绕生财地
信用广开致富门

保险公司
以钱投保
为险除忧

小钱君莫惜
后顾自无忧

阴阳能燮理
水火免飞灾

无虑风云多不测
何愁水火太无情

保险逢凶能化吉
公司解难又排忧

保而无患千家泰
险化为夷万众安

莫患风云多不测
何愁水火太无情

事业兴隆多行保险
权衡利弊久享安康

自古无先知谁能免祸
如今有保险我可救灾

谨慎行船莫到危时才补漏
运筹生计安能渴甚始掘泉

年年防月月防一日不防一日悔
个个保家家保各人常保各人安

开春兆瑞有瑞添福任人福比山河大
保险排忧无忧益寿延年寿同岁月长

科技服务和地质勘查业

科 技

闻鸡起舞　　　　　　　　推崇科学喜见千家富
跃马攻关　　　　　　　　倡导文明笑迎万象新

光辉灿烂长征路　　　　　五湖四海高唱成功曲
姹紫嫣红科技花　　　　　万水千山盛开科技花

气吞大海心胸阔　　　　　喜锦绣山河日新月异
身克难关意志坚　　　　　看文明气象百态千姿

无心赏月中丹桂　　　　　以科学攻关难题可解
有志攀山上险峰　　　　　向文明奋进面貌自新

天地有情春光不老　　　　政策暖人心心心向党
人才无价科技常新　　　　科学铺富路路路朝阳

志在科研书攻十载　　　　众志成城建立神州伟业
福于人类功昭千秋　　　　繁花似锦迎来科学春天

百业腾飞赖科学振翼　　　神舟问月苍茫玉宇凭谁探
九州奋进凭改革加鞭　　　火箭腾空浩瀚银河任我游

声震云天似箭飞舟惊霸道
气吞江海如山航母撼强权

畅游知识海洋可借悬梁刺股
探索文明奥秘哪愁逆水行舟

站建太空喜我中华新奋翮
龙潜水下教他大海再平波

成才勤为本多少贤能凭自励
创业志当先万千奇迹出壮怀

古往今来成功都伴专心取
天南地北梅蕊俱迎积雪开

科学无坦途敢履崎岖登绝顶
英雄多壮志乐浇热血绘宏图

志壮心红岂愁创业多艰险
才多智广何虑富民有阻拦

重知识重人才人才兴旺业兴旺
学文明学科技科技繁荣国繁荣

资源勘查业
劈山探宝
踏雪寻煤

一年辛苦涉水跋山图奉献
四海讴歌寻源探宝赋华章

凌云钻塔惊飞鸟
遍地帐篷迎晚霞

雪岭旗红这边风景开新宇
蓬城云碧几处腊梅探早春

喜送海山旧日月
共迎地质新辉煌

牛奋四蹄旧岁劬劳多硕果
虎添双翼新春奋发建奇功

青山无语知我汗洒神州土
流水有声唤人志酬祖国情

毓山川灵秀放眼望峰峦雄风再振
怀云水胸襟迎春抒慷慨伟业长兴

雪岭旗红青云树碧般般风景开天地
矿山春早沃土金生处处资源报国家

整装勘查攻深找盲看虎跃龙腾携手同心寻富矿
科学统筹由内及外共开拓进取跋山涉水建新功

水利、环境和公共设施管理业

水利管理

水关国计　　　　　万岭长流幸福水
政惠民生　　　　　千渠细绘富饶图

水泽天地　　　　　治国安邦兴水利
利惠民生　　　　　高歌猛进谱华章

登山观海　　　　　水浸灵山添翠色
饮水思源　　　　　泉流沃野奏谐音

百川连国脉　　　　人水和谐新境界
一水润人心　　　　党群融洽大文章

移山要立愚公志
治水须扬大禹风

水系民生民系水
人依土地土依人

万顷良田与民共利
千秋大计在水一方

喜看天上水织成玉带
弘开世间渠铸就金仓

堵和疏曾为历代废兴方略
护与用乃是当今发展科学

国家发展千秋画卷千秋业
水土保持一寸山河一寸金

风生水起水丰水净水听话
国富民殷民乐民康民顺心

水利如天情系水魂兴水利
民生为本心怀民瘼惠民生

时代开屏万众同讴兴水曲
辉煌在线千秋永乐上河图

一水润千行把好源头兴骏业
三农关百姓疏通渠道展宏图

惠民施雨露城乡齐奏和谐曲
泽世沐春风山水欢吟发展诗

发红头一号文若水倾情臻上善
添绿色三农景惠民给力展宏图

守牢红线三条碧水长流泽后土
莫越雷池一步金瓯永固赖前贤

水系环城润硕果盈枝同香沃土
山泉绘景得高巢引凤共建新家

万物水为先当须惜水节水护水
千秋民作本牢记爱民亲民惠民

水有危机莫谓取之不尽用之不竭
人怀远虑且看惜也无私护也无辞

水系民生敢教源澈三江泽流四海
利关国计诚盼政通百业功著千秋

碧水无弦万古琴奏出生态和谐曲
青山不墨千秋画铺就科学发展图

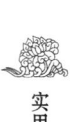

水源告急性命攸关一号红文肩重任
生态濒危兴亡与共千秋事业系今朝

兴修水利防洪发电江河浩荡添福祉
改造自然吐气扬眉天地苍茫激壮心

洪涛俯首巨浪听言禹绩殊功今再现
灌溉禾田挂牵民意冰心妙手世长存

扶持农业灌溉农田制定支农新举措
保护水源开发水利写出兴水大文章

实施国策大兴水利敢教铁肩担日月
顺应民心崇尚自然乐观绿色丽山河

保护水源涵养水源春翠秋红风物美
倾斜农业扶持农业粮丰林茂果蔬香

人水和谐泽惠民生水添情爱人添寿
山河锦绣佑福社稷河漫甘甜山漫林

创新思路保护资源一号精神春作序
孕育文明珍惜血脉千秋画卷水为魂

兴水利除水害群保水源江山添锦绣
惠民生得民心国崇民本法制促和谐

高峡能驯赤胆导黄龙青史留名凭赤手
狂澜力挽金樽邀素月红旗有志固金瓯

恤民情顺民意保民生德政安邦千古业
除水患辟水源兴水利和风化雨九州春

植树造林定教水秀山青碧野藏春花尽笑
修渠筑库莫待天干地旱人心滴血泪空流

正本清源新精神新亮点一号春风兴水利
励精图治大气魄大文章三条红线保民生

水为万物之灵党政布鸿猷筑坝护堤兴水利
民是一邦之本河渠流大爱溉田沃壤济民生

水法要宣传把三条红线系牢大德无私兴国计
资源须保护将四海绿春留住真情有爱向民生

兴水有方保水有方管水有方水利百花争烂漫
重民给力爱民给力富民给力民生硕果创辉煌

胸怀河汉江淮兴修水利传家宝泽及东南西北
功盖古今中外改善民生治国方润之春夏秋冬

灌渠横赤县千百载流淌不息润地滋田铺锦绣
水利富苍生亿万民耕耘无虑安居乐业酿和谐

兴水大文章抗旱防洪最是协调发展落实三条红线
利民多举措疏渠筑堰更需治理统筹把牢一个总纲

环境管理

环境宜清生存关你我　　　擦洗长空留住繁星留住梦
资源有限节约给儿孙　　　耕耘大地引来碧水引来诗

排废治污洗月浣天闹市巧藏花树里
点红催绿吟诗赏画行人陶醉氧吧中

捧爱倾情绿梦铺开低碳为家春作帐
治污防染碧波荡起高标是岸福撑船

愿化一枝春为原生态郁郁葱葱我来添绿
恐遗千载憾若臭氧层空空洞洞谁去补天

蓝天铺画纸碧海润毫端借妙手留春生态课圆和谐梦
绿树化藩篱青山标界柱有公心济世地球村亮环保旗

呵水护山梦亦香精诚所至污流化作琼浆荒岭成为锦嶂
减排增效情尤壮大道之行低碳张开翅膀高科鼓起风樯

时代布棋局莫问谁星河拈子云路走车动地豪情干碧落
自然是画室但任我山水铺排烟霞点染接天长卷换人间

国土管理

爱民似子
惜土如金

惜脚下一分咸兴国土
调心中万亩共享资源

土能生百福
地可纳千祥

夯实基础珍爱黄金国土
守护龙根勤耕绿色家园

控需求总量视地为金坚守一条红线
把供应闸门秉公执法不徇半点私情

将红线铭心莫越雷池守望春光万顷
待金风裁锦同奔沃野收割梦想千仓

莫让损丝毫锄口粘泥也要归还大地
并非肥自己趾间留土只缘奉献春天

非盛世危言当知国土透支民生贫血
有护田良策可借法规保线方式转型

寸土亦含情毓一草一花勤向神州添锦绣
匹夫当有责尽全心全力多留福地与儿孙

国土贵如金休抛荒莫滥用亿亩膏田春色满
镜心清若水需细审要慎批一支铁笔泰山沉

圈红线以保良田纵土地无疆万顷常从分寸失
绘锦图而连沃野然资源有限千秋更给子孙留

开征有度监管无私历十载春秋科学筹谋遵国策
分寸必珍丝毫不废爱一方土地和谐发展惠民生

国以民为本民以食为天食以土为源寸土如金连国运
人因德而名德因仁而贵仁因行而果善行似水映人生

国因田而重莫滥占莫抛荒寸土寸金耕地从来连国脉
民以食为天要生存要发展一基一石粮仓自古系民生

莫撞一根红线从来种豆得豆种瓜得瓜只为有三分土地
重描千卷蓝图更要靠山惜山靠水惜水当常思百代儿孙

居民服务业

婚 介

可结交佳伴侣　　　　　　旧俗除何必强求门当户对
莫错过好姻缘　　　　　　新风立更应废弃女贱男尊

觅觅寻寻韶华转眼飞逝　　白玉犹有瑕求人十全十美何处觅
犹犹豫豫知音再度难逢　　青春岂无限择偶千挑千拣几时休

删除猜测存盘友谊升级感情发送心灵之爱
选定婚期登陆洞房收藏诚意打开幸福之门

托儿所

续传接力棒　　　　　今朝花朵娇美
浇灌向阳花　　　　　明天栋梁参天

早立凌云志　　　　　博采百花酿蜜汁
誓当接力人　　　　　广开学路育新苗

祖国新花朵　　　　　稚语声声童心喜润三门秀
未来小主人　　　　　花儿朵朵笑靥争开满苑春

从小爱科学　　　　　情燃小太阳此际一童一世界
长大攀高峰　　　　　爱洒新苗圃他年百树百风光

美发美容

当头事业　　　　　但教身入座
到顶功夫　　　　　免使发冲冠

红心暖客　　　　　逢人皆体面
巧手回春　　　　　遇我尽升冠

手中施巧计
头上逞奇能

俯首甘为毫末业
立足就显绝顶功

进去乌头学子
出来白面书生

每求新面从头起
长喜春风顶上来

士行端宜新耳目
人情原贵美须眉

莫教时间催鬓发
立教春色上眉头

去垢涤污新面目
整容净发识英雄

善心不欲佳人老
巧手能教颜面新

耳中为送消息好
面上应无毫发遗

削他白发三千丈
葆你青春一百年

创人间头等事业
理世上不平东西

一剪春风发际融情何嫌事业为毫末
十分秀色眉梢透爱且喜功夫在顶峰

洗染坊
谁借三原色
染来满园春

洗去一身污垢
迎来满面春风

熨平衣上千重褶
洗尽人间万古尘

如雪如云洗一团洁白
似花似锦染七色彩虹

天净地明袖有清风常皎洁
天高海阔心如明月不沾尘

洗　浴
华清妃子浴
绰约美人妆

汤泉里有浮沉客
暖室中多健康人

共沐一池水
分享四季春

金鸡未唱汤先热
旭日初临客早来

洗去满身污垢
增添一派豪情

石池春暖人宜浴
水阁冬温客更多

晓日芙蓉新出水
春风豆蔻暖生香

到此皆洁己之士
相对乃忘形之交

振衣弹冠遗老语
澡身浴德大儒风

洗去浮华虎步生风开大业
迎来珠履龙年聚首话豪情

常沐浴精神愉快
讲卫生身体健康

摄　影

庐山面目　　　　　　　形态仪容飘飘欲活
秋水丰神　　　　　　　须眉巾帼色色俱彰

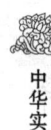

何方能作假　　　　　　秦镜高悬须眉毕现
此处最传真　　　　　　庐山在此面目留真

悟得幻中幻　　　　　　毫发无遗须眉入画
现来身外身　　　　　　风姿比玉声价论金

摄将真影去　　　　　　几幅风姿证三生面目
幻出化身来　　　　　　一身倩影显百倍精神

现出须眉都活泼　　　　一艺认真还你本来面目
看来毫发不参差　　　　诸君体谅非吾好作妍媸

常留俊美春风面　　　　善取仪容无改庐山面目
聊解蒹葭秋水思　　　　常摄倩影倍添秋水丰神

岁月峥嵘应留纪念　　　并蒂合欢二姓联姻笑不住
精神焕发莫负春秋　　　全家同照一门和睦福无穷

何须换骨灵丹但修镜里机关活泼丰神传尺幅
讵有分身奇术不待画中点缀完全面目证三生

修　理

修修补补　　　　　　　变旧为新有神仙巧技
喜喜欢欢　　　　　　　走村串户替群众辛劳

诚心修万物　　　　　　补缺拾遗甘做屑小事
巧手利千家　　　　　　走街串户乐为辛苦人

罗列心胸万千星斗
专调手腕十二时辰

教　育
学　校

山河壮丽　　　　　　　鸿鹄得志
桃李芬芳　　　　　　　桃李争春

立凌云志　　　　　　　师指千条路
做栋梁材　　　　　　　烛明万里程

春风墨韵　　　　　　　闻鸡晨舞剑
夜雨书声　　　　　　　挑灯夜读书

一代园丁乐　　　　　　　大地耕耘园丁辛苦
四时桃李荣　　　　　　　东风沐浴桃李繁荣

一头黑发来园圃　　　　　好勇好刚总须好学
两鬓白霜树栋梁　　　　　有文有武还要有恒

东风吹奏园丁曲　　　　　纳百川之流成大海
大地迎来桃李歌　　　　　通千古之典显高才

巧匠呕心雕美玉　　　　　壁垒一新聿成大厦
严师沥血育英才　　　　　门墙三乐广育英才

亦朴亦勤成德业　　　　　慈母心肠严父面孔
且诚且毅做根基　　　　　春蚕志愿蜡烛精神

备课攻书蚕咀叶　　　　　引万道清泉润国家花朵
传经解惑茧抽丝　　　　　倾一腔热血铸人类灵魂

学海千秋勤汲取　　　　　挂角囊萤百尺竿头还进步
心田万亩好耕耘　　　　　悬梁刺股九天云路竞登先

满屋诗书添丽景　　　　　纬地经天一方黑板有多大
盈门桃李笑春风　　　　　升星托日三尺讲台无上高

毓志成英龙破壁　　　　　读书为学探源悟性当明序
融情启智井流金　　　　　结友交朋执礼知情更惜缘

乘龙逐日啸傲文林催杏雨　　踏九曲涛辟九天路展九霄志
放胆耕云承传国粹醉春风　　化三春雨立三尺台育三万材

跃龙门出国门语言无障碍
学专业成伟业桃李有馨香

天马行空独往独来无个性何求创举
名师论教不悱不发有灵犀方可疏通

百年育李培桃特色创新有韵春风承教化
一路传薪播火多元发展无声细雨润心田

汲人文之厚山水之雄力创一流百载蜚声开远略
以家国为怀圣贤为则学通四海万根大木柱长天

不慕花花世界凭三尺教鞭苦耕耘胸有朝阳施大爱
常明缕缕烛光仗一支梦笔育桃李心无杂念蕴奇观

学校内部机构
一馆新麟添虎翼　　　　千年黄卷胸中蕴
满园嫩蕾绽春枝　　　　万里青云足下生

虎跃精神连海阔　　　　馆藏智慧随心阅
鹰扬事业竞天高　　　　书蕴馨香伴梦飞
　　　　（体育馆）　　　　　　（图书馆）

万卷无声师大任
千秋有鉴励传人

真容岂可模糊看
确据自应精细求
（仪器室）

充电还争千日早
攻书岂畏五更寒

变化有因天可问
探求无限趣常生

常自书中开境界
还从课外下功夫

真学问源于动手
大文章得自留心
（实验室）

常来静会无言友
博览欣逢善导师

以行筑起求知路
用悟张开探索帆

读万卷书犹觉少
存一丝惑总嫌多

骋怀问道书刊里
格物陶甄实践中
（综合实践活动室）

览胜书山开眼界
偷闲学苑润心田
（阅览室）

永字不繁藏八法
砚池虽浅蕴千功

一览时空存物我
无言生命续春秋

字里锋芒雏凤翥
笔端钩画小荷开

诠义何尝凭厉语
释疑从不惜真身
（标本室）

砚涵雨露凝师望
笔走龙蛇称己心

洞察能微观纳米
高瞻可仰望苍穹

笔仗练多臻坦荡
墨泉润久湛清华
（书法室）

舞动人生如意令　　　　　　且将快乐来分享
风移莲步鹊桥仙　　　　　　应与忧愁道别离
　　　　　（舞蹈室）

旋律随童心激荡　　　　　　把坏心情丢这里
歌声带梦想腾飞　　　　　　树新形象到人前
　　　　　　　　　　　　　　　（心理活动室）

弹奏青春前奏曲　　　　　　一角红旗飘旭色
迎来乐艺后来人　　　　　　满屏彩画灿春光
　　　　　　　　　　　　　　　（红领巾电视台）

莺喉初启好音调　　　　　　情系五星歌激荡
燕尾续填新乐章　　　　　　旗裁一角梦飞扬
　　　　（音乐室）　　　　　　　（少先队室）

匀开笔底千般彩　　　　　　万册卷宗存过往
染出心中万里天　　　　　　几分记忆驻温馨
　　　　　　　　　　　　　　　（档案室）

多彩人生谁执笔　　　　　　一行足迹一怀梦
一番学业我添花　　　　　　几度风云几首诗
　　　　（美术室）

巧手一双裁日月　　　　　　一馆珍情藏校史
匠心独运剪春秋　　　　　　百年沧海数风流
　　　　（手工室）　　　　　　　（校史室）

情系学生长尽职　　　　　　情景交融诗配画
爱如天使总关心　　　　　　师生互动锦添花
　　　　（卫生室）

排扰但祈明奥理　　　　　　键盘敲出成功路
抚绥谅可暖童心　　　　　　网络推开智慧门
　　　　（心理咨询室）　　　　（多媒体室）

蓓蕾天骄谁守护
安全重任我担当
　　　　　（保安室）

卫生和社会福利业

保　健

有伤早治　　　　　　　　养身唯有勤修炼
无疾先防　　　　　　　　祛病还须早就医

唯期污秽去　　　　　　　消忧去恼身长健
哪惜手心劳　　　　　　　寡欲无欺心自安

病灾不染卫生地　　　　　注意卫生延年益寿
福寿常临康健家　　　　　讲求科学除病去灾

讲卫生窗明几净　　　　　防治相兼千家清泰
爱劳动人寿年丰　　　　　中西结合万病皆除

讲文明莫忘整洁　　　　　防为主治为宾养生之道
勤沐浴有利健康　　　　　热则清虚则补辨症而医

能将运动驱奇病　　　　　益寿延年生命在于运动
巧使卫生保健康　　　　　强身健体锻炼务必经常

医　　院

延年益寿
救死扶伤

技术精明疗百病
医心高尚暖千家

逢凶化吉
起死回生

济困扶危唯药妙
回生起死在医良

回生通妙诀
扫疾做良医

借他万国九州药
救我呻吟痛苦人

苦心求妙术
圣手去沉疴

院训唯诚长立信
医德至善最贴心

巧手医千病
红心暖万家

知患者心立院无私怀大爱
借春之手惠民有术献真情

刀快无声除疾患
术精有力解危难

德艺双馨常从医道宏仁道
中西合璧总让愁眉转笑眉

勤于大事慎于公事处世多行善事
智者仁心贤者爱心为医切莫欺心

中医院
岐黄事业　　　　　　　　　妙药千般皆出国手
菩萨心肠　　　　　　　　　通方一剂是谓仁心

妙手全凭三指脉　　　　　　妙手起沉疴不离架上回春药
神医尽在一颗心　　　　　　爱心融善业堪仰堂中济世人

扁鹊重生称妙手
华佗再世颂丹心

问道杏坛出道杏林济世悬壶追梦想
教之妙术学之妙诀仁风德雨慰年华

扬中医特色开济世良方法古创新兴国粹
秉人道精神伸回春妙手延年祛病济苍生

医院内部机构
德技长修愿天下诸君无恙　　实非独盼君来白褂穿身长候此
身心可托到此间百虑须消　　真想快医你好青囊在手总倾之

白云飘处素月萦怀仁风万缕天涯播
赤胆倾时青囊有术春意千般地角回

当白衣天使心系人民真情济世铭诚信
铸金字招牌名归医院妙术回春送健康

凭仁术仁心敬业便民金匮悬壶施化雨
树医风医德立诚守信青囊倾爱洒春光

急苍生苦乐安危将人字擎高神功练就
效扁鹊医疗救治把愁丝抽尽春绿呼回

下笔总凝思问良方有价拷问良心无价
疗疴从未忘凭医术济民更凭医德亲民

人道且精诚润物无声庇民幸赖蛇神杖
仁心兼妙手回春有术济世还凭柳叶刀

正气驱邪清风拒腐风气常开光我医家神圣业
仁心播爱妙手回春手心并用还君幸福健康身

永怀博爱之情无求功在民心德在民心救死扶伤原本分
尚有不痊之症更应勉于医道精于医道克艰负重破难关

原来治病有多方我只认救人一剂任物欲横流天使白衣难褪色
平素用情专百姓他常忘每日三餐凭医风正派仁心妙手广传名
（门诊部）

几束光穿透病墙魔障
一张片揭开后果前因

望入深层精确无疑胜扁鹊全凭科技
揭开真相是非可鉴待良医再做文章

光电察秋毫去伪存真火眼金睛观五脏
声波凝像素捕风捉影仁心博爱报三春

重器使出奇手段只灵光一照沉疴毕现
神医亦有好功夫凭活眼无敌隐患难逃

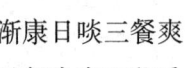

（影像中心）

渐康日啖三餐爽
及复常言五谷香

盘中美食但留日后多多补
病里弱躯还得目前慢慢调

炒翠烹红色共杏林花纷呈鲜美
餐荤品素食同橘井水尽养太和

须以平常心处世自养性陶情延之遐寿
全凭清白手调羹更烹龙庖凤快尔朵颐

（医院食堂）

针下输诚每驱病意留春意
床前问暖总换愁容变笑容

承上古岐黄医术德器更怀驱除疾病
践南丁格尔誓言心灯高悬照亮灵魂

让真情热情深情柔柔缓缓注来血脉
将博爱仁爱慈爱点点滴滴输至心头

（护士站）

上工医未病
慧眼识微疴

身体关情莫将病恙养成虎
健康是福但愿黎民壮似牛

体来者心情求精未许一丝苟
检健康状况作结从无半点虚

防在治之先呵护健康休怀大意
疑除查以后珍惜生命且取宽心

定期检测杜渐防微莫使病来如倒岳
未雨绸缪养生保健毋临患至再抽丝

巧绘声波细显电图体内毫厘皆检点
详析血液精呈影像心中疑虑尽消除

（体检中心）

救死扶伤事临危急赖身手
争分夺秒人转平安为目标

急病更急时一瞬必争与死神竞赛
救人如救火临危不乱让患者重生

（急救中心）

高悬济世壶深情寄托垂流处
妙用回春露大爱交融点滴间

（输液室）

病求诊治君方入
体复健康我不留

施医有赖天行健
奉爱无妨我尽心

服务进行时欣感春风一榻
安心疗养处静观明月满窗

和风细语三冬病树人情暖
妙手仁心一院花香春色浓

妙手良方教患者峰回路转
真情大爱让家人雨过天晴

小住复春光长谢良医施妙手
速康钦厚爱乐夸天使暖冰心

救死扶伤技术如何看病人笑脸
悬壶济世医德怎样听公众评说

衣一身白抱一寸丹精医厚德杏林范
保百姓康除百般病济世救民天使风

爱凝化日情比春风营一块天蓝地绿
术绍岐黄心怀胞与葆八方凤健龙康

肝胆照人明脉络精微悬壶济世三春雨
襟怀昭世辨浮沉表里治病活人寸草心

纵服务一流你莫将医院当家健康就走
须倾心百姓我常在病房值岗时刻不离

保人民之健康救死扶伤终不负人民二字
施博爱于遐迩回春布暖果赢来博爱无疆

是何人妙手挽春让叶挺花荣万象欣欣呈健美
看天使仁心济世令颜回伯乐八方奕奕庆康强

（住院部）

采诸民用诸民血浓于水何分你我
多是爱少是爱春驻在心不拒毫微

（血站）

计划生育

婚育新风美	比翼齐飞岂论夫尊妻贱
计生富路宽	连枝共育何分子贵女卑

少生快富文明路	一对夫妻一个娃吉祥三宝
尊老爱幼幸福家	三春喜庆三阳泰幸福一家

天地同春柳绿花红皆美景　　鸿运当头遂心欢乐一孩户
女男一样龙飞凤举尽良才　　春风拂面如意吉祥二女家

利国利家是女是男生一个　　党引春风长治久安催发展
相亲相爱同心同德绣三春　　家居乐业少生快富创和谐

观念更新绿女红男皆可爱　　国策铸丰碑和谐社会人为本
亲情依旧春华秋实总相宜　　计生结硕果幸福家庭睦做基

倡计生更倡优生长引阳光临万户
兴国运犹兴家运喜圆好梦在三春

戴月披星入户进村献身国策终无悔
凌霜踏雪跋山涉水酬志计生总有期

养老院
人在晚年逢盛世　　岁月无情催白首
躬于福地享高龄　　东风有意焕青春

不是国家关照好　　祭之丰不如养之厚
何来病老幸福多　　悔之晚何若谨之前

白发满头人不老　　敬爱无亲疏天下高龄皆父母
丹心一片志弥坚　　老残不孤独人间晚辈尽儿孙

文化、体育业

报　社

容千家笔墨
吐百姓心声

纵观即晓城中事
细品皆为世上情

日报佳音欣万户
时来好雨润三农

戏　台

云霞万里
丝竹千声

艺苑百花争艳
文坛万象更新

群芳斗艳
百鸟争鸣

认认真真演戏
清清白白做人

传神真宝镜
写意大文章

一阵春风和上下
八弦乐曲唱乾坤

和声鸣盛世
春色满神州

何处临风歌水调
几人画壁擅诗名

绘声绘色真姿态　　　　　　新声谱出扬州慢
有彩有光巧舞台　　　　　　明月听来水调歌

欲知世上观台上　　　　　　舞台方寸悬明镜
不识今人看古人　　　　　　优孟衣冠启后人

聊将往事为时事　　　　　　谈古论今有甚说甚
且以今人作古人　　　　　　装文扮武演谁像谁

琴瑟声声歌盛世　　　　　　离合悲欢当代岂无前代事
管弦阵阵唱新人　　　　　　抑扬褒贬座中常有戏中人

　　书　　店
书林含馥郁　　　　　　　　诗书堪继世
艺海贮精华　　　　　　　　知识可生财

书中寻异趣　　　　　　　　欲知天下事
笔下寄豪情　　　　　　　　尽读世间书

东壁图书府　　　　　　　　萃古今著作
西园翰墨林　　　　　　　　罗中外文章

图书腾凤彩　　　　　　　　藏古今学术
文笔灿龙翔　　　　　　　　聚天地精华

文求五典三坟上　　　锦绣成文原非我有
友在先秦后汉间　　　琳琅满架惟待人求

远求海内珍藏本　　　翰墨图书皆成凤彩
快读当今畅销书　　　往来谈笑尽是鸿儒

学海采珠艰亦喜　　　广搜百代遗编迹追虎观
书山探宝苦中甜　　　嘉惠四方来学价重龙门

欲知今古千年事　　　文海放舟健儿要敢顶头上
且读中西万种书　　　书山探宝志士哪能空手回

大块文章百城富有　　　芸芸学子折桂何寻登月路
名山事业千古长留　　　赫赫书城求知可借上天梯

文具店
洛阳纸贵　　　挥毫成锦绣
上党珍佳　　　落纸似烟云

囊中脱颖　　　挥毫如锦绣
梦里生花　　　落纸似丹青

云霞成异彩　　　展开秦岭月
兰桂起香风　　　题破锦江云

墨花飞彩凤
笔阵起雄风

质分蕉叶和烟断
洁比梅花带雪磨

天涯雁寄回文锦
水国鱼传尺素书

笔架山高虹气现
砚池水满墨花香

片纸能缩天下意
小笺可见古今情

玉管香浓花含雨露
金壶汁洒纸泼云烟

玉露磨来浓雾起
银笺染处淡云生

妙手生花文章增色
粉金溢彩匀碧扬芬

古纸硬黄临晋帖
新笺匀碧录唐诗

俪翠骈红名高十样
硬黄匀碧价重三都

许多丘壑胸中贮
无数烟云笔下生

墨块磨开可调数千壮马
笔尖挥动能挥百万雄兵

公共管理和社会组织

党政机关通用

一身正气
两袖清风

千秋业绩
一代风流

国强民富
政通人和

韶光不老
惠政常新

一心为百姓
四海庆三春

一年春为首
万事公当先

三春添锦绣
四海共辉煌

不衿威自重
无私功更高

四海风雷激
九州岁月新

伟业千家秀
神州万古青

奉公葆本色
廉正树新风

神州春意满
大地颂声高

雄心开伟业
妙手谱新歌

新风吹玉宇
春色满神州

多问民间疾苦
不图官样文章

俯仰一身正气
始终两袖清风

座上清茶依旧
国家景象常新

善政可资民富
廉风堪助国兴

一身正气驱邪气
两袖清风拂恶风

大有作为新岁月
无边春色好江山

千秋业绩千秋颂
万里江山万里春

政策光辉齐日月
人民力量震山河

日月光华辉大地
人民事业壮新天

举贤任能兴国计
治穷致富利民生

日出神州扬正气
春来大地展宏图

党风正无风不正
国法明有法皆明

为民常办秉公事
报国永怀廉政心

党风好民康物阜
国运兴海晏河清

行邦有策黎民福
报国无私赤子心

党风端正人人敬
政纪严明事事兴

岁盼丰收人盼富
民思安定国思强

党运从来关国运
民心可以见天心

百花齐放春风暖
万马奔腾国运昌

党树新风扬正气
民开大业绘宏图

国颁善政人民富
节到新春日月明

雄风赫赫千秋颂
伟绩昭昭万代传

政由德布宜崇德
官与民亲贵爱民

一代英才九州生气
八方美景四海长春

心念民生同百姓乐
胸怀国计先万民忧

处世立身须有一腔正气
秉公尽职应无半点私心

正党风万民歌大德
明国策九域乐小康

党风正民风纯国家有幸
任人贤用人当俊杰无穷

政策遂心百业兴旺
春风得意万象更新

公仆当知勤政终须廉政
乡亲最盼爱民先必富民

政策英明国家昌盛
党风端正法制健全

执政讲提升敢做领头雁
为民谋发展甘当俯首牛

俊杰当权神州崛起
人民做主古国腾飞

持发展观铺就千条强镇路
调和谐色绘成万卷富民图

廉洁奉公为民请命
赤诚无畏仗义执言

解惑释疑服务基层传博爱
嘘寒问暖关心群众递真情

世盛年丰祖国春光好
民康物阜乡村气象新

服务见真心事有缓急无大小
清廉赢盛誉胸怀忧乐任沉浮

看旖旎春光更新岁月
喜风流人物整顿乾坤

两袖清风不行贿不受贿不后悔
一身正气要爱民要亲民要廉明

疾苦抚平富庶铺开施行德政全方位
身躯俯下心灵贴近服务民生零距离

老干部局
办些擂鼓助威事黄牛告老还拉套
做个发光散热人赤兔摘鞍仍奋蹄

夕阳无限岁月有情接力长征兴雅韵
书画修身诗文励志潜心翰海弄新潮

统计局
关注民生小数字　　　统计话乾坤替国出谋为民造福
做实统计大文章　　　规章如日月映天大法耀地长春

数字导航和谐路上春千里
法规呵护幸福城中花万重

财政局
克勤克俭　　　　　　财丰裕似春前草
为国为民　　　　　　业旺繁如雨后花

胸怀国计　　　　　　财系民生千秋大计千钧任
心系民生　　　　　　政关国脉一片丹心一世情

工商局
经营端正
买卖公平

肩担红盾甘做黄牛耕地
心系廉洁莫容黑蚁溃堤

管百姓须爱百姓
要一钱不值一钱

税务局
办税国家事
秉公镜月心

栽下摇钱树
端来聚宝盆

规划局
规梦里蓝图远瞩高瞻兴和谐城市
划心中美景量天丈地建锦绣家园

环保局
春风相约金莺唱响减排唤来低碳
环保频施铁腕铺开绿野擦亮蓝天

住房保障局
安居工程广厦间间庇寒士
廉租步伐新居日日醉春风

环卫处
戴月披星为巷尾街头洗脸
餐风饮露让人间天上开心

晓月三竿冷竹帚频挥除尘迎旭日
长街十里新水车漫洒泼彩染春光

满肩风满肩霜肩上风霜担日月
一手草一手木手中草木绣江山

农技局
科学春天千里美
人间美景四时春

科技兴农堆金积玉
勤劳致富聚宝藏珠

水资源管理处
甘露工程渊源不失原生态
清流事业纯净回归大自然

水文局
把脉习江河常将汗水浇春水
行洪奔日夜每自惊心涌爱心

气象局
冷暖注心头问情日月追天象
风云收眼底把脉春秋察气机

文化馆
书画诗歌迎大治
吹拉弹唱庆升平

艺苑乐池五光十色
歌台舞榭万紫千红

载歌载舞歌声常伴掌声起
题画题诗画意皆如春意浓

佳节张灯喜庆灯笼展开民俗千秋画
新年纳福吉祥福字剪出神州万里春

图书馆
阅史读经千古于胸交心做圣贤知己
学文研技九州在目励志为社稷英才

体育馆
将健儿引向辉煌先砥砺冠军气质
教雏翼张开美丽好弘扬体育精神

广播电影电视局
热线连心热剧连台常让民生成热点
春光导播春风导向更逢新岁亮春声

粮食局
谷乃国之宝　　　　四季收储为民口腹
民以食为天　　　　一方温饱在我心胸

乃积乃储歌大有
斯千斯万庆丰年

好米精存原滋原味粒粒烹香盈饭碗
真情细献备战备荒仓仓贮爱惠民生

盐业局
惠百姓人家让生活有滋有味
兴千秋事业共春天多彩多姿

烟草局
烟花三月春一缕温馨长醉客
草色千重绿四时秀雅自留宾

旅游局
邀春同坐邀日同行沿途山水编诗册
与鸟共歌与花共舞到处城乡赛画图

军事武装
柳色映戎装军帜飞扬邀燕舞
春风驰铁马战歌嘹亮惹龙吟

公检法司

国凭法制
民有靠山

何嫌肩责千钧重
但愿人民一枕安

清心似镜
执法如山

烈日严霜三尺法
和风甘雨一庭春

安邦严法纪
兴国重人才

万里江山人民做主
无私法律公仆为先

政善民同喜
法严国永宁

刚正清廉公平执法
光明磊落肝胆照人

法肃民安国泰
政廉物阜年丰

折狱合情一尘不染
秉公执法两袖清风

治国人民做主
安邦法律有章

门外四时春和风甘雨
案头三尺法烈日严霜

风清气正民康乐
法严德辅治千秋

法理同施德政安天下
打防并举公心暖世间

扶善安良扬正气
惩凶除恶保民生

整党风带民风风和日丽
扬正气祛邪气气畅心舒

化雪融冰春风每把高墙度
谈心说法大爱常招浪子归

法斩私情壁上常悬三尺剑
院存正气案头永记四知金

火海蛟龙万丈雄心腾烈焰
中流砥柱满腔热血铸长城

驾驶莫沾酒心静眼明手稳
通行须守规平安幸福和谐

明镜高悬正气冲天三尺剑
清风永驻公心办案一根绳

打拐凭警魂天职看恶魔被缚
寻亲念血脉情缘喜甜梦常圆

春风化雨雨洒真情情在心头牵浪子
铁树开花花生硕果果于枝上溢芳香

人民政协
肝胆同航风雨同舟肩上同担国运
艰辛共度富强共建心中共仰龙魂

工　会
阳光洒满维权路
春意充盈敬业篇

解困有真情丽日早融千尺雪
维权无小事春风更暖万家心

妇　联

造化钟灵秀萃月之魂云之心花之貌合成千古女儿美
巾帼自慧贤融梅之韵兰之雅雪之洁酿就九州春色浓

共青团

匡兴伟业青春化作一团火
汇聚英才梦想书成万首诗

流通商贸业横批

一视同仁	公平交易	文明经商
生意兴隆	利国便民	物美价廉
店堂春满	货真价实	春风满市
城乡交流	童叟无欺	温暖如春
新店新风	满面春风	繁荣市场
顾客至上	财源似水	和气生财

（以上通用）

各取所需	琳琅满目	（百货店）
别开生面	暖人身心	（服装店）
书山艺海	良师益友	（书　店）
四宝俱全	墨飞笔舞	（文具店）

声光并茂	信誉千金	（五金店）
开门七事	勤俭持家	（日杂店）
劲节奇才	居室生辉	（家具店）
万家灯火	夺日悬珠	（灯具店）
自强不息	珍惜寸阴	（钟表店）
玉镜水晶	明察秋毫	（眼镜店）
药苑花香	济世良方	（药　店）
适可而止	香飘十里	（烟酒店）
四时鲜美	琼浆玉果	（水果店）
一店鲜活	奇珍异味	（水产店）
人间美味	异味家珍	（饭　店）
近悦远来	宾至如归	（旅　馆）
芙蓉出水	春风豆蔻	（女浴池）
振衣弹冠	洗心涤虑	（男浴池）
从头做起	红颜满面	（美容美发）

文化教育科技业横批

人才辈出	为人师表	为国争光
百花齐放	百年大计	任重道远
学无止境	学贵有恒	春风化雨
春临艺苑	春到校园	春催桃李
重任在肩	闻鸡起舞	教学相长
尊师爱生	博览群书	新苗茁壮
勤学苦练	锲而不舍	英才济济
科技兴国		

财经金融业横批

一尘不染	大公无私	大展雄才
广开财源	丰衣足食	开源节流
发展经济	有备无患	取信于民
经济腾飞	积少成多	集腋成裘
精打细算		

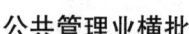

公共管理业横批

与时俱进	反腐倡廉	为民造福
甘当公仆	民族复兴	民富国强
克己奉公	同心同德	安居乐业
安定团结	奋发进取	军民团结
披肝沥胆	国泰民安	国富民强
物阜民康	政通人和	政策归心
和谐盛世	振兴中华	两袖清风
实事求是	举贤任能	保驾护航
锦上添花	爱我中华	德法兼治
励精图治	率先垂范	惩腐肃贪
清正廉明	廉洁奉公	廉政爱民

宗教联

佛　教

光明路　　　　　　常养功德藏
方便门　　　　　　具足智慧身

大千世界　　　　　百福庄严相
不二法门　　　　　一心安乐行

存在即佛　　　　　安住真如地
生命是缘　　　　　普照智慧灯

体解大道　　　　　禅意庭前柏
饶益众生　　　　　诗情雪里梅

庄严国土　　　　　常持清净戒
利乐有情　　　　　应生欢喜心

修到一尘不染
悟来五蕴皆空

以智慧光普照一切
乘圆通道广度众生

于一切法无妄想
尽未来际救众生

月印千江并分秀色
峰华万仞各耸奇观

半个蒲团天地老
一声清磬古今空

耳观海潮音非彼非此
心源甘露品大慈大悲

亦闻演说甚深法
即发广大希有心

甘露洒瓶中福缘广布
慈云重座上善果常昭

安知住世君非佛
想是前身我亦僧

广一切善缘现庄严相
普如是功德生欢喜心

案上梵经皆贝叶
佛前灯焰透莲花

入色空门所见本无一物
游无相地来者即是菩萨

绕座法轮明宝月
盈阶甘雨散华天

大慈大悲到处寻声救苦
若隐若现随时念彼消愆

以出入息供养诸佛
无些子事打扰青山

佛唯在心自问能了未了
教无别法须明真空顽空

以念佛心证无生忍
将净土教度有缘人

空色圆融何有来去之路
我人顿息本无生灭之门

道　教

品修享异趣
德至寿长春

龙从百丈潭中起
雨向九重天上来

天时以为木铎
人望之如神仙

夜来竹屋棋敲月
秋坐松筠笛咽风

历千劫而不古
偕万物以同春

密云常护三千界
甘雨均沾亿万春

万道祥光归紫府
千条瑞气贯黄庭

袖藏玉诀伏龙虎
目运金光射斗牛

山石烟霞有真乐
竹松风月无俗情

心镜虚明长松皓月
化源缥缈春水桃花

太极还从无极始
三元总自一元生

一生二二生三三生万物
地法天天法道道法自然

长生不老神仙府
与天同寿道德家

宝殿巍峨上接三清法界
天香缥缈纵游九府神宫

青山绿水天地间一轴大画　　玄教开宗紫气东来三万里
金乌玉兔乾坤内两颗明珠　　著书传道函关初度五千言

伊斯兰教

清经传宇宙　　　　昭事必诚方是追源返本
真理拓乾坤　　　　致斋以敬唯期忍性动心

清则身洁心静　　　清在个中一片冰心参本色
真乃意正志诚　　　真寻像外三更水月悟根源

万世山河归一主　　勤礼五功体认乎无声无臭
普天日月照群生　　谨斋三月操存于不睹不闻

拜主贵清心上地　　须实践五功天心大可见矣
把斋须养性中天　　莫分言三乘吾道一以贯之

清超天地有形外　　自唐以降三十皇册清真清净
真在阴阳变化中　　正教遵行五时朝拜裕国裕民

仰体天心一元默运　　入此门登此殿莫蒙混礼了拜去
永延道脉万派同归　　洗其心涤其虑须仔细做起功来

清净明心义通释旨
真实进德礼合儒宗

其人日新又新敷教胶庠藏富社会
是谓入世出世保民丧乱祷主弥留

唯道无名看怀德畏威西域久垂声教
以诚立愿喜父慈子孝中华递衍薪传

开之谓言解解微解妙解一本诚是大人致知学问
斋之取意齐齐身齐心齐七情欲正君子克己功夫

真经降自天方三十册包括无疑往圣先贤延大道
古教传于中国千余年率由罔替黜邪崇正裕清修

尔来礼拜乎须摩着心头干过多少罪行由此处鞠躬叩首
谁是讲经者必破除情面说些警吓话语好叫人入耳悚神

基督教

嘉其上帝
爱我中华

心存善美心为主殿
家尚文明家即圣堂

十字架前真教友
五星旗下好公民

三自流芳爱国爱家同爱主
两约垂范尊亲尊老更尊贤

宇宙真神唯天父
群书领袖是圣经

上帝福音一支橄榄一支笛
神州大地万里方舟万里春

圣洁殿堂一派祥和千秋古邑添新景
虔诚信众十分崇拜四海苍生盼福音

笃信相融博爱相亲圣道大行隆世运
平安共度和谐共享福音遍播振天风

教义著千秋主赐殊恩感恩心谱和谐曲
福音传四海人崇尽美赞美诗扬博爱风

伊甸最迷人沐谐雨和风数亿黎民崇上帝
圣经尤益我看天涯海角百年教化尽福音

二百年教义西来近颂远闻每有福音传福地
五千载文明上进兼容并蓄更添神爱惠神州

横 批

爱国爱教	觉海慈航	弘法利生
做人至宝	佛光普照	佛兴国盛
宝筏普渡	福慧双修	明因识果
般若常照	自净其意	为善最乐
自作自受	白心是佛	以善为宝
广种福田	广结善缘	

（佛教）

知足常乐	脱俗归真	常思己过
紫气东来	瑞气盈门	清静自然
以善为师	接福履泰	致虚守静
迎祥集庆	五福云臻	国泰民安
千门永泰	五福临门	

（道　教）

气清理真	怀清守真	守真存诚
万善归一	修身正心	博爱平等
知信行诚	浴身浴德	育德树人
虑涤思静	知情感恩	劝善止恶
进德修业	民族团结	

（伊斯兰教）

荣神益人	爱国福民	恩光普照
共沐神恩	新春蒙福	新年蒙恩
圣洁完全	彼此相爱	作光作盐
喜乐平安	蒙福之家	知恩感恩
天地同春		

（基督教）

喜庆联

婚　联

通　用

云开五色　　　　　鸳鸯比翼
户拱三星　　　　　夫妻同心

天长地久　　　　　四季花长好
花好月圆　　　　　百年月永圆

花开并蒂　　　　　玉堂歌燕喜
缘结同心　　　　　金屋听莺娇

志同道合　　　　　共建千秋业
意厚情长　　　　　同谋百世家

乾坤交泰　　　　　当门花并蒂
琴瑟和谐　　　　　迎户树交柯

旭日芝兰秀
春风琴瑟和

花间金屋美
灯下玉人娇

鱼水千年合
芝兰百世荣

香车迎淑女
美酒贺新郎

俭朴成婚礼
勤劳助爱情

结成平等果
开出幸福花

清风盈蜜月
喜气满新房

喜望红梅绽
乐迎玉女来

白发同偕百岁
红心共映千秋

同德同心同志
知寒知暖知音

并蒂花开四季
同心鸟伴百年

花好月圆今夕
诗情画意来年

何必门当户对
但求志合道同

槛外红梅齐放
檐前紫燕双飞

二姓联婚成大礼
百年偕老乐长春

万里云天看比翼
百年事业结同心

万里长天双比翼
百年大路两同心

万里征途偕白首
千秋事业献丹心

大治年中龙配凤　　　光耀锦堂双璧合
小康路上锦添花　　　辉腾玉树万枝荣

大治年头齐比翼　　　同心人饮合欢酒
小康路上结同心　　　并蒂花发连理枝

无瑕淑女添神韵　　　同心伴侣同心结
有志奇男弄大潮　　　并蒂莲花并蒂情

今宵乐得意中侣　　　似肝照胆殷殷意
他日永偕心上人　　　如影随形恋恋情

双飞永伴关雎鸟　　　交杯勿坠凌云志
并蒂常开连理枝　　　蜜月应描创业图

玉镜人间传合璧　　　并肩携手开新业
银河天上渡双星　　　举案齐眉奔小康

业盛家昌迎淑女　　　并蒂花开时雨润
时和景泰结良缘　　　连理树发晓风吹

共祝新婚多幸福　　　志同道合青春美
同除旧礼更文明　　　日久天长幸福多

百年恩爱双心结　　　吹笙簧百年偕老
千里姻缘一线牵　　　鼓琴瑟五世其昌

伴侣情深同日永
夫妻义重共天长

画眉勿坠凌云志
挽手同怀捧日心

事业有成为俊秀
青春无悔自风流

金龙闹海开鸿业
彩凤营巢乐小康

庭栽宝树祥风至
家有英男淑女来

莲子杯中金谷酒
桃花盏上玉台诗

家庭和睦歌声满
琴瑟同偕乐事多

彩笔喜题红叶句
华堂欣诵爱情诗

琴瑟调和多乐事
家庭幸福溢欢声

碧纱待月春调瑟
红袖添香夜读书

山水怡情福门望重
凤凰娱目鸿案辉生

日月知心红花并蒂
乾坤得意金屋生辉

凤吉谐占熊祥入梦
芝泥泛彩兰蕊浮香

业醉同心同心百载
花开并蒂并蒂千秋

白首齐眉鸳鸯比翼
青阳启瑞桃李同心

并蒂迎春桃夭柳翠
同心比翼花好月圆

花好月圆百年幸福
志同道合一代风流

花好月圆姻缘美满
天长地久幸福绵延

男女互尊如鱼得水
夫妻相爱似蝶恋花

恩爱夫妻共创千秋业
贴心伴侣同育一枝花

男欢女爱鸳鸯戏水
意合情投鸾凤朝阳

盛世结良缘甜蜜事业
新人怀壮志高尚情操

祝今日结成幸福侣
盼他年戴上英雄花

喜今朝两朵鲜花争俏丽
看明日一双情侣竞风流

俊鸟双栖嘉鱼比目
仙葩并蒂瑞木交枝

缕结同心日丽屏间孔雀
莲开并蒂影摇池上鸳鸯

新偶新婚新人如意
佳期佳景佳月称心

大地香飘蜂忙蝶戏相为伴
人间喜到燕舞莺歌总成双

相爱相亲铁肩担宇宙
同心同德妙手绣河山

利国利家是女是男生一个
相亲相爱同心同德绣三春

结两姓姻缘山盟海誓
祝百年伉俪地久天长

四季婚联

春融花并蒂
日暖树交枝

柳翠眉间展
梅红陌上生

春花绣出鸳鸯舞
夜月香斟琥珀杯

晓起妆台鸾对舞
春归画栋燕双栖
　　（以上春日新婚）

荷开并蒂
兰结同心

栀绾同心结
莲开并蒂花

好花宜种留春苑
蜜月同游消夏湾

弹素月琴奏熏风曲
饮饯春酒题消夏诗
　　（以上夏日婚联）

桂宫蟾耀彩
桐院凤栖身

秋宵如此浑无价
良夜何其乐未央

借得花容添月色
权将秋夜代春宵

彩凤和鸣梧桐荫茂
关雎雅化萍藻仪修
　　　（以上秋日婚联）

围炉春意满
合卺酒香浓

雁鸣冰之畔
燕乐岁之余

雪案联吟诗有味
冬窗伴读笔生香

锦里枫丹芳联奕叶
华堂藻耀瑞霭琼英
　　　（以上冬日婚联）

巧借新春迎淑女
善将元旦作婚期

吉日吉时传吉语
新人新岁结新婚

红梅乍绽知春意
翠帐高悬报喜音

日丽风和华堂喜满
月圆花好绣阁春浓

鸾凤和鸣春光满目　　　　月逢五夜光初满
燕莺比翼壮志凌云　　　　花到三春香正浓

双喜临门新年办新事　　　乐和笙箫吹夜月
同心结伴佳女配佳男　　　花开桃李笑春风
　　　（以上正月新婚）

才高鹦鹉赋　　　　　　　烟开柳叶香风起
春暖凤凰楼　　　　　　　春入桃花喜气浓

春辉增绣阁　　　　　　　万紫千红十分春色
喜气溢华堂　　　　　　　双声叠韵一曲新歌

花朝春色光花烛　　　　　景丽三春天台桃熟
柳絮奇姿画柳眉　　　　　祥开百业金谷花娇
　　　　　　　　　　　　　　（以上三月新婚）

柳暗花明春正半　　　　　雀屏欣中目
珠联璧合影成双　　　　　鸿案庆齐眉

眉黛春生杨柳绿　　　　　才逢芍药开花日
玉楼人映杏花红　　　　　正是摽梅迨吉期

春暖花朝彩鸾对舞　　　　月应瑞萱增一叶
风和日丽红杏添妆　　　　丝添长缕结同心
　　　（以上二月新婚）

杨花扬喜气　　　　　　　豆蔻正开香尚蕊
桃蕊挑新香　　　　　　　蔷薇才放露初匀

麦浪芳菲莺花共艳
桃潭浓郁鱼水同欢

满架蔷薇香凝金屋
倚阑芍药艳映琼楼
　　（以上四月新婚）

榴花新爱意
绿竹恋人情

榴开映碧水
蝶舞乘东风

才子凌云女咏月
榴花映日剑摇风

合欢花灿双辉烛
竞艳榴开百子图

莲炬生辉董琴谱曲
榴花映日蒲叶摇风

蒲酒香浮欣逢合卺
榴花叶艳最好藏娇
　　（以上五月新婚）

莲开并蒂
兰结同心

云路高翔比翼鸟
龙池喜种并蒂莲

柳叶眉添京兆笔
藕丝纱罩美人裳

梧桐枝上栖双凤
菡萏花间立并鸳

并蒂花开莲房有子
同心缕结竹簟生凉

鸾凤和鸣莲花并蒂
麒麟瑞叶玉树连根
　　（以上六月新婚）

二美百年好
双星七夕逢

云汉桥成牛女渡
春台箫引凤凰飞

银汉一泓看鹊渡
金风万里待鹏飞

鹊桥初架双星渡
熊梦新征百子祥

才子佳人世间两美
牛郎织女天上双星

银汉新秋蓝田合璧
人间巧节天上佳期
　　（以上七月新婚）

月掩芙蓉帐
香添锦绣帏

玉箫迎淑女
桂酒贺新郎

云楼欲上攀丹桂
月殿先迎晤素娥

巧借花容添月色
欣逢秋夜作春宵

道合志同金菊吐艳
月圆花好丹桂飘香

喜溢华堂地天交泰
香飘桂苑人月双圆
　　（以上八月新婚）

蓝田曾种玉
红叶自题诗

题诗红叶句
采菊友琴章

几朵秋花簪凤髻
一弯新月画蛾眉

合卺欣逢人送酒
开筵喜见客题糕

酒酿黄花情联鸾凤
诗题红叶梦协熊罴

酿熟黄花节逢重九
眉分碧月样画初三
　　（以上九月新婚）

池生秋月
帘映英姿

此日花开梅并蒂
今宵人庆月双圆

锦帐梅花初入梦
妆台蓉镜早生辉

秋水华堂鸳鸯比翼
天风玉宇鸾凤和声

绣阁联吟诗成柳絮
罗帏同梦赋就梅花

麟趾呈祥一阳初复
螽斯衍庆五世其昌
　　　　（以上十一月新婚）

喜结良缘宜其家室
共栽翠柏荣荫庭园
　　　　（以上十月新婚）

红梅铺地
瑞雪飞帏

凤振双飞翼
梅开并蒂花

雪里红梅放
门前玉人来

雪飘双飞蝶
灯映并头梅

松树交枝迎腊雪
梅花并蒂报新春

偕年佳偶同心结
凌雪梅花并蒂开

得与梅花做伴侣
本来松雪是英雄

白雪无尘爱情圣洁
红梅有信雅意精深

咏雪才高欣谐绣口
凌云华妙雅擅画眉

庭院难盛冲天喜气
夫妻尽享盖世福音

锦瑟瑶琴房中奏乐
腊梅天竹堂上生春
　　　　（以上十二月新婚）

姓氏婚联

大树勋名传汉史（冯姓）
小山赋笔拟离骚（徐姓）

才名可比刘三姐（刘姓）
风度还超李六郎（李姓）

广平曾著梅花赋（宋姓） 却喜雪花吟谢女（谢姓）
道蕴新吟柳絮词（谢姓） 不图天壤见王郎（王姓）

开韵香奁吟谢絮（谢姓） 花萼余韵甲乙集（李姓）
化妆彩笔梦江花（江姓） 风月多情丁卯桥（许姓）

斗韵香奁吟谢女（谢姓） 快婿多才王逸少（王姓）
催妆彩笔梦江花（江姓） 中郎有女蔡文姬（蔡姓）

东阁官梅吟水部（何姓） 快婿襟怀同逸少（王姓）
西京都荔谱房中（张姓） 绛仙才调比相如（吴姓）

北海家声传李氏（李姓） 张绪风姿偏蕴藉（张姓）
东风美意属周郎（周姓） 左芬才调自清华（左姓）

成眷属喜连同姓 松雪传神惟画马（赵姓）
缔婚姻更和一心（夫妻同姓） 荆州识面便登龙（李姓）

同姓女男结伴侣 袒腹丰神怜逸少（王姓）
一心夫妇永相知（夫妻同姓） 扫眉才调比灵芸（薛姓）

多才结偶方多彩 画眉笔带凌云气（张姓）
同姓联姻更同心（夫妻同姓） 斗韵才惊咏雪诗（谢姓）

合卺令行金谷酒（石姓） 佳人咏絮联嘉耦（谢姓）
催妆句咏玉溪诗（李姓） 君子爱莲赋好逑（周姓）

金缕新妆吟晓镜(杨姓)　　雀屏妙选侯公子(侯姓)
玉台妙句咏香奁(徐姓)　　鸿案清芬曹大家(曹姓)

郎君风度三春柳(赵姓)　　得与梅花为眷属(林姓)
淑女才思元旦椒(陈姓)　　本来松雪是神仙(赵姓)

南国佳人吟鲍妹(鲍姓)　　彩笔催妆吟艳句(江姓)
东床快婿羡王郎(王姓)　　宝钗临镜赋新诗(徐姓)

冠玉丰姿看快婿(陈姓)　　椒花松语新才调(陈姓)
簪花妙格羡夫人(卫姓)　　杨柳风姿美少年(张姓)

绛仙宫鬓凝螺黛(吴姓)　　楚艳熏香才子笔(宋姓)
翠妫家声叶凤飞(陈姓)　　吴宫教战美人妆(吴姓)

射雀乘龙怜快婿(李姓)　　新诗巧织回文锦(苏姓)
镜鸾钗凤咏新妆(杨姓)　　妙笔新题博议书(吕姓)

射雀乘龙得快婿(李姓)　　蜜月新书成抱朴(葛姓)
沉鱼落雁想风姿(毛姓)　　良宵旧约忆生查(朱姓)

堂畔三松多舞鹤(潘姓)
门前五柳喜藏莺(陶姓)

嫁 女

求我庶士
宜其家人

教以和谐度日
期之勤俭持家

欣逢名婿
喜得才人

于归好咏宜家句
往送高歌必戒章

良辰辉绣辇
吉日过嘉门

升堂要得翁姑意
入室须调琴瑟声

祥光涌大道
喜气满闺门

有意过门聚白首
同心偕婿结青鸾

梅艳欣陪嫁
桃红喜衬妆

此去夫家长协作
勿忘母氏久劬劳

雀屏迎吉日
鸿案庆良辰

名流喜得名门婿
才女欣归才子家

琴瑟谐春乐
芙蓉带露开

红叶题诗欣赠嫁
青梅煮酒庆于归

云汉桥成牛女
春台箫引凤凰

妇道克勤循礼义
人伦善处守清廉

做媳须知勤俭好　　　　嫁女婚男时时从简
治家应教子孙贤　　　　移风易俗处处当先

宝马迎来云外客　　　　璧合珠联淑人与配
香车送出月中仙　　　　冰清玉洁佳婿相逢

种就福田如意玉　　　　此去有家切记克勤克俭
养成心地吉祥云　　　　再来无议才算乃贤乃良

淑女吹箫欣跨凤　　　　联戚攀亲何必门当户对
新郎鼓瑟喜乘龙　　　　择男嫁女只求道合志同

嫁女喜逢嘉庆日　　　　梅蕊冲寒幸沐春光迎贵客
送亲正遇吉祥时　　　　松针吐翠喜送淑女赴新婚

招　婿

香车迎贵婿　　　　凤求凰百年好合
美酒宴嘉宾　　　　男嫁女一代新风

乘龙谐引凤　　　　出于两愿男归女
射雀喜开屏　　　　只生一个女或男

新春迎爱婿　　　　好女娶夫破旧俗
美酒宴高朋　　　　英男落户树新风

男到女家兴大业　　　　　小伙子出嫁全家福
子随母姓树新风　　　　　大姑娘招亲五世昌

男嫁女一代俊秀　　　　　东吴招亲女婿男嫁
妻娶夫百世良缘　　　　　西厢待信花好月圆

招赘贤郎即是子　　　　　立新风牛郎欣出嫁
生来好女同于男　　　　　破旧俗织女喜迎亲

佳时佳地接佳婿　　　　　滴翠梧桐欣闻引凤
美叶美花配美枝　　　　　飘香丹桂喜见乘龙

破旧立新男嫁女　　　　　是媳是儿两姓成一体
天经地义婿如儿　　　　　乃婿乃女合家庆百年

赘婿如儿成两美　　　　　媳是女女是媳美而又美
娶男叙乐庆千秋　　　　　婿为儿儿为婿亲上加亲

集体婚礼

九畹兰香花并蒂　　　　　对对莲开辉碧水
千株梧碧凤双栖　　　　　双双蝶舞戏春风

双双蝴蝶随风舞　　　　　千簇春花万家春景
对对鸳鸯戏水游　　　　　九州新事一代新风

女女男男恩恩爱爱
双双对对喜喜欢欢

对对新人绵绵细语
双双爱侣脉脉深情

贤淑女破千年旧俗
好儿男开一代新风

新偶新人人人如意
佳期佳景景景称心

处处春晖耀万家春景
双双新侣开一代新风

女女男男高高兴兴结佳偶
双双对对兢兢业业绘宏图

同德同心并肩典礼成爱侣
时人时事集体结婚树新风

复 婚

无情花落去
有意凤归来

不忘一天伉俪意
常怀百日夫妻情

再续姻缘春益好
重调琴瑟韵尤谐

再缔良缘朝露洁
重温恩爱夕阳红

沧海有容收覆水
断弦无弃续鸾胶

前情谅解都如梦
后景欢娱总是春

堂前乍见浑如昨
帐里回思恍似新

旧梦重温山盟海誓
故弦再续意厚情长

鱼水两情雅歌再咏　　　　　　夜复同眠从此夫妻无异梦
鸳鸯百岁宝镜重圆　　　　　　桥重再架自今恩爱有深情

破镜重圆同心合力　　　　　　琴瑟重弹前情尽释都如水
鹊桥再架携手并肩　　　　　　姻缘再续来日方长总是春

花满酒满生活更美满
月圆镜圆夫妻又团圆

续　娶

梅花欣二度　　　　　　　　　花结同心皆妙种
琴韵喜重调　　　　　　　　　琴弹一曲换新弦

苑上梅花二度　　　　　　　　改嫁有心破旧习
房中琴韵重调　　　　　　　　续弦无碍建新家

千里姻缘一夕会　　　　　　　珠帘月影重辉夜
半生再娶百年亲　　　　　　　锦阁花香两度春

去岁洞房方破镜　　　　　　　桃开苑里花仍灼
今朝花烛又生辉　　　　　　　柳放江头絮又新

共拓百年新岁月　　　　　　　换巢鸾凤教偕老
同描二度好风光　　　　　　　交颈鸳鸯说共飞

海燕引雏朝凤阙
江鱼带子跃龙门

宜室宜家赓诗待续
鼓琴鼓瑟改弦更张

梅开二度花复艳
月缺重圆光更明

鼓瑟鼓琴更张弦韵
宜家宜室仍合镜圆

断弦再续成双美
比翼齐飞贺百年

老年婚联

夕阳无限好
萱草晚来香

同致富夕阳晚照
共兴家白首新程

晚岁玉成美事
老年缔结良缘

自古耄年难配偶
于今两老可成婚

夕阳无限风光美
萱草有根晚岁香

孤鸿得伴无边好
老树开花分外鲜

老树著花春气暖
夕阳系彩晚晴长

晚岁喜成形影伴
夕阳乐与晚霞红

当年未结黄金果
晚岁喜开幸福花

晚年欢度新成偶
余热发挥再立功

龄高伴侣情尤厚　　　　暮年欣结贴心伴
年迈夫妻义更长　　　　余岁乐陪挽手人

夫妻同学婚联

同学谊厚　　　　　　　往日并肩渡学海
夫妻情长　　　　　　　今朝连理上书山

不恋洞房春暖　　　　　相爱喜逢同读伴
只争金榜题名　　　　　结婚恰是共耕人

书声喜有琴声伴　　　　座上漫谈同学爱
翰墨新添黛墨香　　　　堂前共庆自由婚

同学结成同道侣　　　　情有自由爱有属
合家共唱合欢诗　　　　学无止境业无穷

花月新妆宜学柳　　　　曾为梁祝一窗读
云窗旧友早栽兰　　　　喜结朱陈百岁缘

昔日同学情谊重　　　　碧水红莲开并蒂
今朝夫妇生活甜　　　　芸窗学友结同心

昔日课堂曾共读　　　　花好月圆昔日曾共砚
今宵花烛喜联姻　　　　志同道合今宵喜联姻

并肩读书自是云天比翼　　昔日同窗竹马青梅谈理想
携手度日定当风雨同舟　　今宵合卺高山流水话知音

前景辉煌同学同心同志
春光明媚新人新岁新婚

夫妻同龄婚联

双林飞出同龄鸟　　　　曾逢梅子同年结
两姓结成百岁缘　　　　喜得莲花并蒂开

同庚喜做同心伴　　　　爱情共育同龄花花开并蒂
两姓欣联两美缘　　　　事业互帮比翼鸟鸟喜双飞

同庚喜结同心侣　　　　同龄同气同声同谋幸福千秋业
相爱欣逢相敬人　　　　共力共甘共苦共建勤劳百世家

洞　房

百年伴侣　　　　　　　天上常圆月
千秋良缘　　　　　　　室中互爱人

赏心悦事　　　　　　　鸟语纱窗晓
美景良辰　　　　　　　莺啼绣阁春

志于云上得　　　　　自去自来梁上燕
人似月中来　　　　　相亲相爱水中鸥

花间金作屋　　　　　花烛笑辉比翼鸟
灯下玉为人　　　　　洞房喜放并蒂莲

明月辉清夜　　　　　金屋欢歌谐彩凤
金风过洞房　　　　　洞房红烛喜成龙

香溢芙蓉帐　　　　　金屋春浓花馥郁
烛辉锦绣帏　　　　　琼楼夜永月团圆

良宵良辰良景　　　　宝镜台前人似玉
佳男佳女佳缘　　　　金莺枕畔语如花

水上鸳鸯两两　　　　柳色映眉妆镜晓
花间蝴蝶双双　　　　桃花点面洞房春

无限柔情融夜色　　　洞内桃花开半夜
有为壮志奔晨光　　　房中桂子结三更

玉树风前夸并蒂　　　眼角眉梢添喜气
绣帏月下看双飞　　　灯前枕畔有知音

兰引香风归绿幔　　　喜鹊喜期报喜讯
燕寻佳梦到金闺　　　新春新燕闹新房

歌韵谱成同梦语　　　云拥妆台和风正暖
烛花笑对含羞人　　　花临宝镜丽日初长

意似鸳鸯飞比翼　　　花烛光中山盟海誓
情如鸾凤宿同林　　　洞房深处道合志同

一刻几何良宵难得　　缕结同心屏间孔雀
百年好合佳偶喜成　　莲开并蒂池上鸳鸯

大地春光喜期新岁　　花灯飞异彩洞房添彩
洞房花烛吉日良辰　　明月洒清辉华室生辉

横　批

天长地久	云天比翼	夫妻情深
五世其昌	比翼齐飞	互敬互爱
凤凰比翼	心心相印	永结同心
永偕伉俪	吉日良辰	百年佳偶
花开并蒂	花好月圆	志同道合
良辰美景	幸福无边	佳偶天成
宜其家室	郎才女貌	相敬如宾
珠联璧合	莲开并蒂	情投意合
鸾凤和鸣	鸿案齐眉	喜气盈门
喜成连理	新事新办	燕尔新婚

寿 联

通 用

| 人增上寿 | 松苍柏翠 |
| 天与遐龄 | 人寿年丰 |

| 人增高寿 | 乾坤并永 |
| 地转阳和 | 日月齐光 |

| 千家福语 | 乾坤同寿 |
| 四海龟龄 | 日月齐光 |

| 立功立德 | 福同海阔 |
| 寿国寿民 | 寿与天齐 |

| 芝荣五色 | 福如东海 |
| 图献九如 | 寿比南山 |

| 名高北斗 | 德为世重 |
| 寿比南山 | 寿以人尊 |

| 寿逢盛世 | 人老心难老 |
| 乐享天伦 | 寿高志更高 |

人品如金玉
寿龄比柏松

元鹤千年寿
苍松万古青

心畅延年久
德高益寿长

平安添百福
长寿价千金

北斗临台座
南山献寿杯

仙鹤千年寿
苍松万古春

寿考征鸿福
文明享大年

寿辰逢盛世
佳日浴春风

松柏老而健
芝兰清且香

松龄长岁月
鹤语记春秋

松鹤千年寿
子孙万代长

树老多神韵
年高有雅情

酒介南山寿
觞开北海樽

筹添沧海日
嵩祝老人星

福如东海大
寿比南山高

大德得无量寿
此老有当世名

乃武乃文乃寿
如梅如竹如松

生命在于运动
长寿因之勤劳

汉柏秦松骨气　　　　心地光明宜福寿
商彝夏鼎精神　　　　精神爽朗自康宁

笑指南山作颂　　　　为人有德寿方贵
喜倾北海为樽　　　　处世去邪品自高

几行红树来佳气　　　东海添筹增鹤算
一抹青山是寿眉　　　南山献寿享遐龄

三祝筵开歌大寿　　　且喜夕阳红似火
九如诗颂乐嘉宾　　　难得暮岁壮如山

千岁蟠桃开寿域　　　仙居十二楼之上
九重春色映霞觞　　　大寿八千岁为春

历尽艰辛人未老　　　白发朱颜登上寿
恰逢盛世岁常新　　　丰衣足食享高龄

升平世界开寿域　　　老有所为能益世
幸福时光乐丰年　　　人无奢望可延年

风高渐展摩天翼　　　老当益壮春常在
山翠遥添献寿杯　　　人值升平福自多

文移北斗成天象　　　芝兰气味松筠节
酒近南山作寿杯　　　龙马精神海鹤姿

岁荏小康开寿域
时逢盛世享遐龄

自是牡丹真富贵
果然松柏老精神

行可楷模年称德
寿如松柏岁长春

寿山光照千秋月
福海波涵万里天

寿同松柏千年碧
品似芝兰一味清

足食丰衣晚景好
勤耕苦读老来红

身似西方无量佛
寿如南极老人星

余热生辉珍夕照
金风送爽话尧天

青松不老千年鹤
锦鲤高腾万丈波

松木有枝皆百岁
蟠桃无实不千年

周天行健人常健
九日登高寿更高

春放千花晴献寿
云呈五色晓开樽

春意初衔梅色浅
和风选试彩衣鲜

柏节松心宜晚翠
童颜鹤发胜当年

室有芝兰春自韵
人如松柏岁常青

堂前燕舞迎春舞
院内莺歌祝寿歌

琼林歌舞群仙会
海屋衣冠百寿图

琥珀盏斟千岁酒
琉璃瓶种四时花

福禄寿三星共照
天地人六合同春

寿比南山时和世泰
福如东海人乐年丰

碧桃多结三千实
紫凤常衔五色笺

志大年高一身干劲
童颜鹤发满面春风

天与长春灵芝献瑞
人传济美宝树敷荣

体健身强宏开寿域
孙贤子孝乐度晚年

长寿贵于养生养性
修身方可齐国齐家

春雨盈樽春风满面
南山比峻南极腾辉

世泰时明长天丽日
年丰人寿遍地春风

福禄光明使君寿考
吉祥长久宜我子孙

世泰家兴长延福寿
心雄体健广茂风华

璞玉浑金是寿者相
碧梧翠竹得气之清

白发朱颜喜登上寿
丰衣足食乐享遐龄

盛世年华筵进高龄酒
太平时代簪添益寿花

立德立言于兹不朽
寿人寿世共此无疆

万里归槎安享家园晚福
千秋添算欣瞻祖国新猷

红杏在林寿征二月
碧桃满树时待三春

天上太阳光照山河万里
人间高寿喜看兰桂盈庭

水秀山明八节四时颜不老　　乐享遐龄寿比南山松不老
风和日丽千年万古景长春　　欣逢盛世福如东海水长流

男　寿

光凝斑彩　　　　　青龙攀玉树
瑞霭云衢　　　　　白虎架金桥

图开百福　　　　　桂香清小院
寿祝三多　　　　　霞饮入仙怀

上苑梅花早　　　　菊水人皆寿
仙阶柏叶荣　　　　桃源境是仙

大椿常不老　　　　椿树千寻碧
丛桂最宜秋　　　　蟠桃几度红

五云飞玉岛　　　　筵前倾菊酒
百福上瑶台　　　　堂上祝椿龄

古松千岁寿　　　　榴花红献瑞
明月一池莲　　　　柏叶翠凝香

玄鹤千年寿　　　　九老筵开欣晋爵
苍松万古春　　　　千叟宴后喜添筹

大仁大德寿无量　　　　岁岁寿筵依北斗
兴业兴邦志不移　　　　年年此日颂南山

大年不恃长生药　　　　岁序更新添寿考
高寿还须厚福人　　　　江山竞秀显英才

上寿人呈青玉杖　　　　朱颜醉映丹枫色
延龄酒进紫霞杯　　　　华发疏同老鹤形

天上星辰欣做伴　　　　苍龙日暮还行雨
人间松柏不知年　　　　老树春深更著花

五色云中三瑞草　　　　坐看溪云忘岁月
九重天上万年松　　　　笑扶鸠杖话桑麻

古柏根深容不改　　　　青松树里千年鹤
青松岁久色愈新　　　　紫色池边五彩云

龙门泉石香山月　　　　松风高驻千年鹤
蓬岛烟霞阆苑春　　　　玉露常滋五色芝

东海筹添同庆祝　　　　洞里乾坤延鹤算
南山颂献赋登临　　　　壶中日月访仙家

生逢盛世福如海　　　　桃花雨润韶华丽
乐享高龄寿比山　　　　椿树云深淑景长

海屋仙筹添鹤算　　诗谱南山筵开西序
华堂喜酒宴蟠桃　　樽倾北海彩绚东阶
　　　　　　　　　　　（以上通用）

紫气东方膺五福　　佳辰逢岳降
星辉南极耀三台　　瑞气霭春晖

霄汉鹏程腾九万　　鹤巢松自古
锦堂鹤算颂三千　　海屋岁初新

蟠桃捧日千秋寿　　北海清樽开岱色
古柏参天万年青　　高堂华发映春晖

大鹏九万里而南北　　序届阳春春同松柏
灵椿三千岁为春秋　　寿称国瑞瑞献芙蓉
　　　　　　　　　　　（以上春季男寿）

天与长春神芝五彩　　北海樽开倾寿酒
人传硕德宝树三株　　南薰曲奏谱瑶琴

北海开樽西园载酒　　蓬矢日辉春尚驻
南山献寿东阁延宾　　椿阴云护夏方新

有德有仁天赐纯嘏　　曲院风清欣呈雪藕
尔昌尔炽人颂康强　　瑶池日永敬献冰桃

鸠杖引年椒花献瑞　　琪树千株榴花献瑞
鹤筹添算椿树留阴　　池莲一沼蒲酒延龄
　　　　　　　　　　　（以上夏季男寿）

交梨分洞府　　　　　　名山梅鹤饶清福
火枣灿琼筵　　　　　　春酒羔羊祝大年

菊水人称寿　　　　　　银花火树开佳节
桃源景是仙　　　　　　玉液琼浆酌寿杯

清秋此日逢华诞　　　　宴乐华堂星辉南极
佳气如云护老椿　　　　春回旸谷日寿东皇
　　　　　　　　　　　　（以上正月男寿）

菊酒筵前祝富贵　　　　花开红杏酣春色
椿龄堂上颂康宁　　　　酒递南山作寿杯
　　（以上秋季男寿）

青松多寿色　　　　　　瑞鸟香浓芝圃草
丹桂有丛香　　　　　　玉楼人醉杏花天

露滋三秀草　　　　　　杏苑风和长春不老
云护九如松　　　　　　椿庭日永上寿无疆

翠竹苍松仁者寿　　　　杏圃春浓筹添海屋
筍龙薛凤玉堂春　　　　兰阶日丽彩舞莱衣
　　　　　　　　　　　　（以上二月男寿）

雪染松林光分莱彩　　　余庆咸符福极会
风开梅蕊香泛霞觞　　　延春雅奏寿人歌
　　（以上冬季男寿）

人如天上珠星聚　　　　春光九十花初茂
春到筵前柏酒香　　　　桃熟三千日正长

桃花雨润韶华丽
椿树云深化日长

绮席称觥香浮蒲绿
华堂放彩色映榴红
　　　　（以上五月男寿）

海屋云开筹添八百
琼林雾霭桃熟三千
　　（以上三月男寿）

玉露满盘和寿酒
云璈几曲佑霞觥

玉砌翻红药
庚星接紫微

椿树大年宜有庆
莲花生日正当时

栏围芍药开琼宴
人献樱桃佐兕觥

寿宴宏开荷塘风爽
华堂高启椿树云深

四月清和节临首夏
百年康健树种恒春

香透莲花碧浆泛蚁
阴环椿树玉杖扶鸠
　　　　（以上六月男寿）

乐奏群仙筹添鹤算
祥征浴佛会启龙华
　　（以上四月男寿）

花开周甲飞金凤
星耀长庚贯玉河

正交端午做生日
幸有菖蒲可引年

北极拱星祥开大寿
南风送暖曲奏长生

节近天中逢令旦
筹添海上庆遐龄

七夕为生辰来天上巧
百花开寿域占眼前春

兰砌风薰绮琴解愠
椿庭日丽彩缕延年

箕子叙伦九畴陈五福
天孙赐寿七夕会双星
　　　　（以上七月男寿）

大椿翠湿千秋露
丛桂香飘万里风

莱舞堂前娱晚岁
梅开岭上得先春

露湿青松多寿色
香飘桂酿祝遐龄

岭上梅花暖春阳律
庭前椿树寿色晚秋

节届中秋月圆人寿
筹添上算桂馥兰馨

海屋春秋增添寿算
平泉花木颐养大年
　　　（以上十月男寿）

桂子飘香兕觥晋酒
椿阴荠寿鹤算添筹
　　　（以上八月男寿）

葭灰飞玉管
琼液泛金樽

东篱满绽黄金菊
北海欣开白玉樽

葭管灰飞添瑞气
寰阶日暖寿良辰

延年清酒含霜菊
养老良田浚石泓

云捧彩鸾西山雪瑞
日辉金凤北海松青

东海添筹春秋高矣
南山采菊岁月悠然

梅阁金樽延宾北海
葭灰玉管献寿南山
　　　（以上十一月男寿）

序属三秋高辉玉宇
节逢初度早绽黄花
　　　（以上九月男寿）

一年周四序
三祝庆千春

椿为上古树
寿庆小阳春

扶鸠竹外看晴雪
坐石松间煮紫芝

青山有雪存松性
碧落无云称鹤心

南极辉腾彤云瑞霭
西池宴会绛雪芳香
　　（以上十二月男寿）

藕节增添逢闰岁
椿阴茂美乐遐龄

龙辔回环旧奇象闰
鹤筹添算益寿延年
　　（以上闰月男寿）

男子半周清景丽
丁年正盛壮猷新

燕桂谢兰年登半甲
桑弧蓬矢志在四方
　　（以上三十岁男寿）

不惑但从今日始
知天犹待十年来

渭水春秋今得半
商山岁月后悠长

蟠桃捧日三千岁
古柏参天四十围
　　（以上四十岁男寿）

一生事业今过半
百岁光阴日在中

五十华筵开北海
三千珠履庆南山

海屋筹添春半百
琼林桃熟岁三千

五岳同尊唯嵩峻极
百年上寿如日方中

寡过知非欣逢五秩
假年学易共祝千秋
　　（以上五十岁男寿）

日月壶公酒
春秋太傅诗

算筹添海屋
甲子满华龄

不纪山中花甲子
应知天上寿人星

延龄人种神仙草
纪算新开甲子花

祝遐龄三千岁月
游化日六十春秋

香山推宿老
洛社会群英

甲子重新如山如埠
春秋不老大德大年

八十老翁逢盛世
一腔热血献余生

（以上六十岁男寿）

人歌上寿
天与稀龄

卓尔经纶传渭水
飘然风致赴香山

入国正宜鸠作杖
历年方见鹤添筹

春酒流香酣寿酒
耄龄添美祝遐龄

当看九州今正盛
谁言七十古来稀

八秩康强春秋永在
四时健壮岁月优游

休辞客路三千远
谁道古来七十稀

葆素全真申公迎马
修身炼性老子跨牛

（以上八十岁男寿）

昔日古稀称上寿
而今百岁已寻常

海筹添九十
桃实献三千

翠柏苍松寿者相
童颜鹤发古稀年

歌人生三乐
颂天保九如

庆祝三多琼筵晋爵
祥开七秩玉杖扶鸠

九十年来留逸志
八千岁后又生香

（以上七十岁男寿）

九老曾留千载寿 人生不满公今满
十年再进百龄觞 世上难逢我竟逢

庆花甲一周加半 家中早酿千年酒
祝寿星百岁有余 世上新添百岁人

宝树灵椿三千甲子 庭帏常驻三春景
龙眉华顶九十春秋 海屋平添百岁筹
　　（以上九十岁男寿）

百年称上寿 天赐期颐长生无极
一诺值千金 人间百岁积庆有余
　　　　　　　（以上百岁男寿）

女　寿

秀添慈竹 玉树当阶秀
荣耀萱花 灵萱映日荣

金萱永茂 松林增岁月
慈竹长春 萱草耀园林

一星辉宝婺 桃开西母宴
九酿泛金觞 萱庆北堂荣

日进延龄酒 婺星明万古
簪添益寿花 萱草灿长春

瑞霭全家福　　　　　南极星临山岳动
光耀半边天　　　　　北堂萱映海天晴

慈萱春不老　　　　　麻姑酒满杯中绿
古树寿长青　　　　　王母桃分天上红

日长萱草连云秀　　　萱草花摇松节紫
风静兰芽带露香　　　蟠桃果熟彩衣鲜

王母敬桃开绮宴　　　萱草芳含千岁艳
素娥分桂酿琼浆　　　桂花香动五株新

风和兰阁恒春树　　　辉腾宝婺三千丈
日暖萱庭长乐花　　　春发奇花十万枝

玉露常凝萱草绿　　　紫松树里千年鹤
金风远送桂花香　　　德凤池边五色云

华堂寿晋无边福　　　福护慈萱人不老
慈室祥开不老春　　　喜弥寿树岁长春

忘忧亲北堂萱草　　　瑶池桃结千年宝
介寿献西母蟠桃　　　玉井莲开十丈花

青鸟飞来云五色　　　蟠桃实结三千岁
碧桃献上岁三千　　　萱草花开八百春

乃冰其清乃玉其洁
如山之寿如松之贞

玉珮仙琚婺光寿域
青童白发王母瑶台

花灿金萱瑞凝堂北
星辉宝婺彩映弧南

桂植南宫桃来西母
梅开东阁萱茂北堂

彩舞一堂目娱四世
畴呈五福婺焕千秋
　　（以上通用）

春云霭瑞
宝婺腾辉

喜延萱阁
觞晋椒樽

曲水流觞春正好
慈帏设帨寿无疆

彩绚琼枝萱堂日暖
春生玉砌鸾珮声柔
　　（以上春季女寿）

兰阁风薰瑶池益算
萱庭日丽彩缕延年

桃实千年熟从王母
莲花万朵座拥观音
　　（以上夏季女寿）

萱草凌霜翠
灵芝浥露香

玉液瑶池杯呈王母
天香月窟种自灵娥

秋节黄花斯香久远
回甘谏果其味悠长

萱茂华堂辉光锦帨
桂生月殿曲奏霓裳
　　（以上秋季女寿）

岁寒松晚翠
春暖蕙先芳

慈竹青云护
冬梅白雪滋

岭上梅花报喜讯
阶前萱草护慈堂

玉树香清金萱日永
红梅花早翠柏春长
　　　（以上冬季女寿）

宝婺辉联南极晓
斑衣彩舞北堂春

萱草忘忧征懿德
椒花献颂祝遐龄

凤纪调元春来萱室
鹤筹添算庆溢兰陔

梅蕊凝香萱庭日永
椒花献颂海屋添筹
　　　（以上正月女寿）

天护慈萱春不老
云弥古树岁长青

今日正逢萱草寿
前身合是杏花仙

花朝丽景推佳节
萱座慈龄祝大年

佳节春长会开扑蝶
慈帏日永杖进扶鸠
　　　（以上二月女寿）

萱草千年绿
桃花万树红

兰芳东序三春草
萱碧北堂百世花

花发金辉香茝玄圃
斑联玉树春永瑶池

锦帨呈祥春旗一色
瑶觞献瑞寿母千秋
　　　（以上三月女寿）

梅子绽时酣夏雨
萱花开日霭慈云

蔷薇香送清和月
芍药祥开富贵花

佛量无边龙华启会
慈龄不老鸠杖引年

樱笋登厨萱堂日丽
蟠桃启会兰阁风清
　　　（以上四月女寿）

艾叶香浓笼彩帨
榴花色艳映斑衣

端午气清延暑景
蒲觞香溢祝慈龄

重午凝厘榴花竞艳
良辰集祜萱草忘忧

婺焕中天蒲觞介寿
帨悬端午榴瑞增辉
　　（以上五月女寿）

天护慈萱年不老
云弥瑞树夏如春

碧沼凝香斟寿酒
红莲吐艳映斑衣

曲院风香欣呈雪藕
瑶池日永敬献冰桃

碧沼荷开称觞令旦
瑶池桃熟设帨良辰
　　（以上六月女寿）

四处风凉呈玉律
一庭喜气接瑶池

银汉双星传吉语
兰闱百岁祝慈龄

献桃王母乘鸾至
驾鹊天孙祝寿来

贤母扬徽珩璜介寿
天孙赐巧瓜果开筵
　　　　（以上七月女寿）

玉露常凝萱草翠
金风远送桂花香

丹桂飘香开月阙
金萱称庆咏霓裳

桂月秋高瑶阶设帨
萱堂昼永绮席称觥

桂殿风清开樽介寿
萱堂气爽赏月忘忧
　　　　（以上八月女寿）

菊满篱东称寿客
萱荣堂北祝慈龄

萱草忘忧千岁好
菊花贺寿满庭芳

秋露凝珠萱荣堂北
莱衣舞彩菊满陔南

婺焕重霄畴呈五福
时维九月序属三秋
　　　（以上九月女寿）
红叶丛兰花锦绣
黑瞳绿鬓玉精神

岭上梅花开亥月
阶前萱草护慈堂

十月小春早梅初放
一星宝婺萱草长荣

梅岭飘香来传喜讯
萱帏养寿长进高龄
　　　（以上十月女寿）

萱花挺秀辉南极
梅果舒芳绕北堂

葭管音飞添瑞气
兰陔日永祝慈龄

设帨良辰无心来复
称觞盛事慈寿无疆

葭管应时梅花贺寿
龙潜畅月鹤算延年
　　　（以上十一月女寿）

白雪欢歌翻寿曲
淡云坚石傲慈年

节际梅红称腊月
寿添萱绿护春云

玉树清香金萱日永
绿波芳早翠柏春长

五色芝茎慈帏祝寿
百年萱草新岁遐龄
　　　（以上十二月女寿）

益藕添桐逢闰月
悬弧设帨庆良辰

凤尾添翎萱帏日永
鹤筹益算蓬岛春长
　　　（以上闰月女寿）

三十初晋延龄酒
百年喜开益寿花

璇阁华年蟾圆一度
瑶池桃实鹤算千春
　　　（以上三十岁女寿）

百岁承欢歌令旦
四旬介寿庆华年

宝婺星辉歌四秩
蟠桃瑞献祝千秋
　　（以上四十岁女寿）
庭帏长驻三春景
海屋平分百岁筹

婺宿腾辉百龄半度
吉星焕彩五福骈臻
　　（以上五十岁女寿）
六秩华筵新岁月
三迁慈训大文章

玉芽久种春秋圃
青波频浇甲子花

花乃金萱开六甲
星真宝婺焕中天

花甲齐年臻上寿
芝房兰句赋长春

萱花堂北荣周甲
桃实池西献及辰
　　（以上六十岁女寿）
一岁称寿母
七秩庆稀年

七秩菊香秋后献
五云花洁日边来

月满桂花延七秩
庭留萱草茂千秋

年迈七旬称健姥
寿添三十享期颐

寿历七旬辉宝婺
堂开五福乐南薰
　　（以上七十岁女寿）

八旬且献瑶池瑞
四代同瞻宝婺辉

八秩寿筵萱草绿
千秋吉诞蟠桃红

千秋萱草眉舒绿
八秩蟠桃面映红

古稀十年慈颜久驻
期颐廿载后福无疆

萱寿八千八旬伊始
范福九五九畴乃全
　　（以上八十岁女寿）

九十春光延美景　　　　乐奏云璈歌百岁
三千寿果晋慈龄　　　　德辉彤史祝千秋

九旬鹤发同金母　　　　瑶池喜敬千年酒
七秩斑衣学老莱　　　　海屋欣添百岁筹

瑶池果熟三千岁　　　　天上三秋婺星永耀
海屋筹添九十春　　　　人间百岁萱草长荣

彩帨悬门寿延九秩　　　桃熟瑶池三千岁月
萱花焕彩庆衍千秋　　　筹添海屋一百春秋
　　　　　　　　　　　　　（以上百岁女寿）

开上寿初筵九十日耄
乐余年康健八千为秋
　　（以上九十岁女寿）

男女双寿

人间二老　　　　河山并寿
天上双星　　　　日月双辉

大椿不老　　　　家中全福
萱草长荣　　　　天上双星

双星天象　　　　椿萱并茂
全福人家　　　　庚婺同明

庆乾坤并寿
祝日月双辉

松柏老而健
芝兰清且香

恒春连理树
益寿并蒂花

斑衣人绕膝
白首案齐眉

椿树千寻碧
蟠桃几度红

椿萱夸并茂
日月庆双辉

百岁苍松遒劲
两棵玉树丰盈

人近百年犹赤子
天留二老看玄孙

千岁桃开连理树
万年枝放太平花

少也清门为伉俪
老而高寿颂康宁

气味相投兰共馥
年华并寿鹤同齐

丹凤传来王母使
青牛驾付老君书

凤凰枝上花如锦
松菊堂中人并年

仙鹤苍松双献寿
玉麟丹桂两呈祥

乐府重重歌并寿
莱衣两两颂双星

兰桂俱芳逢盛世
椿萱并茂享高龄

百岁有期无量福
二人同享太平年

自昔唱随勤不倦
而今老健福能齐

并蒂花开瑶岛树
合欢酒进碧筒杯

瑶觞春介齐眉寿
锦砌晖承绕膝花

寿祝南山欣举案
樽开北海庆齐眉

鹤鹿同春人大寿
门庭放彩月常圆

园林娱老儿孙好
夫妇同耕日月长

霞觞对举齐鸿案
莱彩联行舞凤雏

春秋不老冈陵颂
甲子同添福寿花

山水怡情鹿门望重
凤凰娱目鸿案齐眉

桃李齐开春正好
椿萱并茂寿无疆

玉液同斟春秋不老
丹砂分酌伉俪长生

梅竹平安春意满
椿萱昌茂寿源长

年享高龄椿萱并茂
时逢盛世兰桂齐芳

堂上椿萱夸并茂
壶中日月庆交辉

寿比南山椿萱并茂
福如东海松柏同春

紫电辉煌双鹤寿
春风浩荡百花开

松柏常青喜观盛世
椿萱并茂同祝遐龄

椿萱并茂阶前郁
兰桂齐芳堂上春

南极西池齐称福寿
木公金母同是神仙

弧帨双悬锦堂光灿　　舞彩老莱雕弧锦帨
桂兰齐茂璧沼香浮　　献枣安期雪藕冰桃
　　　　　　　　　　　　（以上夏季双寿）

绕膝承欢图开家庆　　比翼共乘丹凤下
齐眉至乐福降人间　　重轮齐涌金蟾来
　　　（以上通用）

江山二老寿　　　　　南极星辉牛女渡
天地一堂春　　　　　北堂萱映凤凰枝

风和璇阁恒春树　　　良夜双星清光并照
日暖椿庭益寿花　　　吉辰二老人月同圆

鹤鹿呈祥人共寿　　　气爽秋高金兰焕彩
乾坤交泰岁同春　　　月圆人寿杞菊延龄
　　　　　　　　　　　　（以上秋季双寿）

节届三春长庚美景　　红梅绿竹偕佳友
筹添五福宝婺祥光　　翠柏苍松伴寿星
　　　（以上春季双寿）

花甲齐年闰夏　　　　延年松柏仙云露
芝兰联句长春　　　　染鬓雪霜丹气霞

仙郎玉署联螭陛　　　瑶草琪花永不谢
金母瑶池协凤生　　　青松翠竹并长青

熏风一曲娱鸿案　　　柏翠松苍咸歌五福
宝树联标庆齐眉　　　椿荣萱茂同祝百龄
　　　　　　　　　　　　（以上冬季双寿）

蟠桃天上骈枝实
凤管人间合韵歌

弧帨同悬桃符竞艳
觥筹交错椒酒流香
　　　（以上正月双寿）
节序中和春正好
寿逢双庆福无疆

桃李争春群芳献瑞
椿萱并茂二老承欢
　　　（以上二月双寿）
桃李争春欣并寿
椿萱不老喜齐眉

桃李联盟宜家宜室
椿萱并茂载寿载春
　　　（以上三月双寿）
荫茂椿萱连理树
厨开樱笋合欢筵

芍药栏边花开富贵
椿萱堂上寿祝期颐
　　　（以上四月双寿）
极婺当头称吉曜
艾蒲应候庆良辰

诞值良辰乾坤并寿
时逢重午日月双辉
　　　（以上五月双寿）
蓬壶仙晋合欢酒
瑶岛花开并蒂莲

酒饮交杯康宁上寿
花开连理弧帨良辰
　　　（以上六月双寿）
椿萱并茂交枝树
瓜果同开合卺筵

双影今宵清辉并照
齐眉此日秋色平分
　　　（以上七月双寿）
秋色平分兰桂茂
清光普照人月圆

弧帨同悬秋光初到
椿萱并茂夏室宏开
　　　（以上八月双寿）
伉俪雍和庭绽菊
风光良好面如春

临水赋诗春秋不老
登高分酌夫妇皆仙
　　　（以上九月双寿）

节序小春风光正好
人添大寿琴瑟和谐

数合小盈人歌上寿
酒当交饮筹作倍添
　　（以上十月双寿）

柏节松贞持晚景
椿荣萱茂灿朝霞

花放水仙夫妻偕老
图呈王母庚婺同辉
　　（以上十一月双寿）

松柏为岁寒友
椿萱偕大地春

白雪红梅交辉贺岁
椿庭萱室并颂延年
　　（以上十二月双寿）

喜添鹤算归余月
欢庆鸾俦奕世春

藕进桐添逢闰月
弧悬帨设庆良辰
　　（以上闰月双寿）

偕老期颐征百岁
同悬弧帨庆三旬

伉俪同庚蟾圆两度
唱随和乐凤翼双飞
　　（以上三十岁双寿）

弧帨同悬四旬征寿
极婳并耀百岁延龄

鸿案齐眉四十称庆
鹤筹合算八千为春
　　（以上四十岁双寿）

百年福德齐眉寿
二佛喜欢出世新

德行齐辉一门聚庆
福畴大衍百岁同符
　　（以上五十岁双寿）

八千岁椿萱双寿
六十年花甲一周

花甲齐年同臻上寿
芝房联句共赋长春
　　（以上六十岁双寿）

天上双星神仙眷属
人间二老福寿古稀

日月双辉惟仁者寿
阴阳合德真古来稀
　　（以上七十岁双寿）

同登八秩椿萱茂　　　耄耋齐眉福延百岁
恭晋百龄伉俪稀　　　孙曾绕膝寿启颐年
　　　　　　　　　　　　（以上九十岁双寿）

日月交辉八旬举案　　两仪两曜两心印
椿萱并茂四世同堂　　百鸟百花百寿图
　　（以上八十岁双寿）

人近百龄犹赤子　　　孙子生孙同称国瑞
天留二老看玄孙　　　老人偕老共乐家欢
　　　　　　　　　　　　（以上百岁双寿）

敬老院

江山万代　　　　　　花影不随明月去
日月千秋　　　　　　谷香时自绿畴来

春安夏泰　　　　　　春风荡漾生青草
秋健冬康　　　　　　晚照辉煌映黄昏

白发欣迎春水绿　　　枯木逢春沾雨露
青山更恋夕阳红　　　夕阳向晚乐桑榆

只缘老树根弥壮　　　莫忧世事兼身世
为有骄阳枝更荣　　　却道新花胜旧花

年丰喜看花千树　　　桑梓游人常念旧
人寿笑呈酒一杯　　　梧桐落叶总归根

琴棋书画老而乐　　　　雨润青松松花不老
耕读渔樵退不休　　　　云笼翠柏柏子长青

碧润生潮朝自暮　　　　爱邻睦邻中华美德
青山如画古犹今　　　　养老敬老乡里高风

百岁寿星太平天下　　　喜享高龄青松不老
八旬孤老安乐春秋　　　欣逢盛世碧水长流

横　批

人寿年丰	人歌上寿	天与遐龄
长寿百岁	长寿安康	心阔延年
乐享高龄	老当益壮	老有所为
老骥伏枥	寿山福海	寿比南山
松柏长春	松鹤延年	高寿齐天
福如东海	鹤发童颜	

（以上通用）

大椿不老	古柏长春	鸠杖迎春
苍松翠柏	庚星耀彩	南极寿翁
南极星辉	福禄寿考	

（以上男寿）

如竹如梅	金萱焕彩	宝婺腾辉
星辉宝婺	桂馥兰芳	萱草长荣
萱庭日丽	婺宿生辉	慈颜长驻

（以上女寿）

夫妻偕寿　　日月长明　　双星焕彩
庚婺同明　　偕老齐眉　　椿萱并茂
　　　　　　　　　　　　（以上男女双寿）

乃福乃寿　　白发朱颜　　生活幸福
乐度晚年　　年丰人寿　　安乐春秋
喜逢盛世　　尊老敬贤　　福寿康宁
　　　　　　　　　　　　（以上敬老院）

生　育

生　子

门盈五福　　　　　　光生珠在掌
代庆同堂　　　　　　梦兆燕投怀

雄声震屋　　　　　　充间增喜气
喜气盈门　　　　　　惊座试啼声

天上长庚降　　　　　试声初得桂
人间英物啼　　　　　培德更征兰

风和桃结子　　　　　瑞云千里应
日暖凤生雏　　　　　玉树几枝新

竹院添丁早　　　　　麟书征国瑞
莲房得子多　　　　　熊梦兆家祥

一子精心承大业
万家着力启宏图

川媚山辉蓝玉朗
天高月满蚌珠肥

天上麒麟原有种
云中玉燕早投怀

月窟培生丹桂子
云阶育出玉兰芽

风流南郡推花萼
誉藻东吴采杜苏

石麟果是真麟趾
雏凤清于老凤声

石麟诞育从天降
玉燕投怀自世珍

庆获石麟绳祖武
欣占玉燕振家声

好子只需生一个
香花不必发重台

英物啼声惊四座
德门喜气洽三多

松生仙地拔灵秀
子落藕池结玉莲

虎子自甘生一个
香花不必发多枝

春暖兰阶花吐秀
雷惊竹院笋抽芽

春暖花开偕鸾凤
冬寒雪飘获石麟

昨夜遥闻大乐响
今朝喜庆石麟生

恰逢开士摩麟顶
共向超宗识凤毛

室中已见祥云绕
梦里犹闻王者香

啼声报喜生英物
春色入门贺栋材

锦绣生辉征喜兆　　　　　　窦桂王槐门庭叶瑞
文明有种育宁馨　　　　　　荀龙薛凤家世征祥
　　　　　　　　　　　　　　　　（以上通用）

德门喜气添一子　　　　　　风暖兰阶花吐秀
英物啼声惊四邻　　　　　　春催竹院笋抽芽

子种莲房池有新苗　　　　　净地月明生秀草
梦延瓜瓞日见绵长　　　　　芳阶日暖长春芽
　　　　　　　　　　　　　　　（以上春季生子）

天送石麟祥云绚彩　　　　　瓜瓞远绵征夏盛
怀投玉燕吉梦应昌　　　　　芝兰新苗似春初

月朗天高桂宫结子　　　　　子种莲房池荷新苗
地灵人杰崧岳生申　　　　　梦征兰叶英物试啼
　　　　　　　　　　　　　　　（以上夏季生子）

玉产蓝田连城异宝　　　　　河媚山辉蓝玉朗
珠生合浦照乘奇珍　　　　　秋高月满蚌珠生

佳气盈门倍添瑞霭　　　　　月朗秋高桂宫结子
英声载路喜得宁馨　　　　　地灵人杰崧岳降申
　　　　　　　　　　　　　　　（以上秋季生子）

荀氏八龙薛家三凤　　　　　庭前梅吐迎春蕊
燕山五桂蜀国双珠　　　　　天上麟辉映雪光

积德累仁早培忠厚　　　　　瑞雪盈庭石麟降世
钟灵毓秀新发玉兰　　　　　祥云护舍玉燕投怀
　　　　　　　　　　　　　　　（以上冬季生子）

秋月晚成丹桂实　　　　老树著花晚成大器
春风新长紫兰芽　　　　枯杨生秭乐享暮年
　　　　　　　　　　　　　（以上晚年生子）

生　女

如花如玉　　　　　　　何必重男轻视女
维虺维蛇　　　　　　　要知半子胜生男

千金临福地　　　　　　春来绿竹怀新笋
双喜耀华门　　　　　　福至红楼袖玉珠

华门钟四美　　　　　　珍珠入掌门楣喜
甲第得千金　　　　　　兰蕙吐芳庭院新

喜结心中伴　　　　　　绕庭争看临风玉
欣生掌上珠　　　　　　照室更欣入掌珠

云中新凤双飞翼　　　　彩帨高悬添喜气
掌上明珠一颗珍　　　　晬盘新设识芳姿

今朝喜得嫦娥女　　　　慰情已喜颜如玉
他年笑看状元郎　　　　溺爱更珍掌上珠

兰质蕙心延美誉　　　　兆叶鸡飞门前设帨
椒花柳絮自奇才　　　　祥征虺梦掌上擎珠

生双胞胎
异香飘九陌
余庆衍双珠

两美同生两珠特出
双胞竞秀双凤来仪

玉种蓝田收两璧
树栽丹桂发双葩

先生后生难兄难弟
一索再索维熊维罴

花生双管欣齐下
树发连枝庆并荣

生　孙
凤毛夸济美
燕翼善诒谋

绕膝分甘王逸少
点头示意郭汾阳

月窟秋高生桂子
云台瑞应降龙孙

喜见红梅新结子
笑看绿竹又生孙

瓜瓞诗赓绵世泽
梧桐春到长孙枝

声美凤雏绳其祖武
诗赓燕翼贻厥孙谋

华堂益寿开饴座
梓舍承欢进晬盘

济美凤毛兰荪茁壮
谋诒燕翼瓜瓞绵长

生曾孙

一门绕五福
四代庆同堂

天赐石麟祥开四叶
庭投玉燕瑞霭一堂

一门五福陈箕范
四代同堂庆氍绵

四世同堂螽斯衍庆
一门五福燕翼诒谋

欣看乔木多余荫
喜见兰荪又茁芽

美济凤毛门多令子
谋诒燕翼孙又添丁

喜见桐枝开四叶
福陈箕范祝三多

堂构家贤一门锡类
云仍继起四代同堂

燕寝昔闻孙又子
鲤庭今见子添孙

横　批

五世其昌
石麟降世
两美两珠
燕翼孙谋

玉种蓝田
产凤生辉
男女一样
螽斯衍庆

玉燕投怀
弄璋有喜
美济凤毛

建房迁居

奠　基

卜云其吉　　　　　　千秋事业原非易
奠厥攸居　　　　　　万代根基自要深

吉星耀彩　　　　　　旧时燕垒初更换
福地呈祥　　　　　　今日鸿基已奠成

吉日开黄道　　　　　旭日朝临新气象
祥星耀紫微　　　　　吉星拱照大文章

地势开华宅　　　　　祥云捧日日吉利
天时焕紫微　　　　　瑞气盈门门炽昌

祥云笼吉地　　　　　紫微高接三台瑞
嘉树拂新轩　　　　　宝砌祥辉五色云

肇启文明运　　　　　日升月恒天来百福
宏开富贵基　　　　　竹繁松茂地发千祥

三阳日照平安地　　　兰桂联芳祥呈胜地
五福星临吉庆家　　　椿萱并茂喜溢高堂

上 梁

旭日悬顶
紫微绕梁

今朝玉柱根基固
明日新房喜庆多

作百年计
上五福梁

吉日上梁凝百瑞
良辰立柱集千祥

天眼照华宅
阳光撑栋梁

吉辰已届安基础
大任能当建栋梁

吉星临福地
紫气绕新梁

花开富贵人开眼
日上中天屋上梁

坚贞瞻柱石
巩固庆苞桑

画栋倚云光旧业
高门映日构新居

青龙缠玉柱
白虎架金梁

鸣花炮声声道喜
起大梁步步登高

金梁光耀日
玉柱力擎天

栋起祥云连北斗
堂开瑞气纳春光

云栋尽书金碧字
瑶阶并种吉祥花

栋拂云霞萦紫气
家传诗礼足春风

玉柱功撑蓬勃风采　　美奂美轮光生甲第
金梁高架潇洒英姿　　肯堂肯构庆洽壬林

落　成

大启尔宇　　云影遮廊阶
长发其祥　　花香透珠帘

门辉奎壁　　日丽新居暖
栋接云霞　　风和甲第安

山环水绕　　文星高北斗
人杰地灵　　甲第仰西京

爰居爰处　　画堂辉昼锦
美奂美轮　　华构霭春晖

容光四照　　虎踞龙盘地
气象一新　　夏凉冬暖家

瑞霭佳地　　高门容驷马
福蕴新居　　瑞圃毓祥麟

门前绿水笑　　家种吉祥草
屋后青山幽　　门开幸福花

山水朝宗依旧日
门庭集瑞霭新居

门对青山龙虎地
户临绿水凤凰池

五柳旧称陶令宅
百花新构杜陵庄

日丽银花临画栋
春明宝树发新阶

日耀珠玑光甲第
花开兰桂在阶廊

丹桂绿槐绵世泽
祥麟威凤振家声

华构落成百岁计
安居小筑四时春

华堂建就六亲力
玉宇落成百匠功

华堂翠屋春风至
甲第崇门瑞色开

红日舒辉临吉地
春风送暖入华堂

别墅初栽新竹木
幽居先辟小蓬莱

宏图大展兴隆第
泰运长临富裕家

承家事业辉堂构
经世文章裕栋梁

建成大厦高华第
留与后人久远居

南山户对开黄道
北阙门迎照紫微

美奂美轮光祖德
肯堂肯构启人文

栋拂云霞萦紫气
家传俭朴霭春风

高筑楼台先得月
新栽花木自成春

堂构初成千载业
栋梁已筑万年基

华构初成观云其吉
比邻有德居之则安

累仁积德根基厚
对宇望衡光景新

合天时祥云连画栋
得地利峻岭对新庭

瑞彩盈庭山聚秀
祥光当户斗联辉

画栋雕梁齐称杰构
德门仁里共庆安居

瑞献云霞瞻栋宇
辉联奎壁耀门庭

南望飞云雕梁画栋
西来爽气玉宇琼楼

新厦落成增秀气
华门安住进财源

美奂美轮大启尔宇
肯堂肯构长发其祥

满庭诗景飘红叶
五色云华堆画梁

堂构新开光生梓里
栋梁高架彩焕乡邻

碧宇依云昭大壮
紫微映日焕中孚

清旷四园绿迷芳草
崇高数仞红映夕阳

鹤立鸣皋声振汉
鸿飞渐达羽为仪

新居联辉祥云绕室
华堂集瑞旭日临门

大地钟灵文明运启
华堂集瑞富贵基开

迁　居

一门瑞气　　　　　祥光西起
万里和风　　　　　紫气东来

门迎紫气　　　　　莺迁仁里
路得青云　　　　　燕贺德邻

门庭多福　　　　　莺迁乔木
日月重光　　　　　燕入高楼

吉星高照　　　　　莺迁福址
幸福常来　　　　　燕驻祥轩

百年大计　　　　　瑞霭佳地
五世其昌　　　　　福蕴新居

竹苞松茂　　　　　德门集瑞
业乐居安　　　　　仁宅迎祥

依仁成里　　　　　门启春风动
与德为邻　　　　　鹊鸣喜事频

家齐国治　　　　　门庭新气象
物换星移　　　　　诗礼好儿孙

五云蟠吉地　　　　择里仁为美
三瑞映华门　　　　安居德有邻

日丽新居暖　　　　室有迁莺瑞
风和甲第安　　　　门多吐凤才

文明开景运　　　　莺迁仁是里
屋宇换新装　　　　燕喜德为邻

东风开画宇　　　　祥光临福地
旭日映华堂　　　　喜气满新居

出谷来仁里　　　　鹊报乔迁喜
居迁入德门　　　　燕贺居家安

出谷莺声旧　　　　燕喜开新第
来仪凤羽新　　　　莺迁转上林

旭日辉仁里　　　　人杰地灵有福
祥云护德门　　　　物华天宝呈祥

迁屋吉祥日　　　　旧宅翻成新宅
安居大有年　　　　今年胜过去年

华屋换新卜　　　　甲第新开美景
清风焕祥光　　　　子孙大展宏图

春润竹梅门第
喜融楼阁农家

一片彩霞迎旭日
满门春讯庆新居

人寿宅安居新室
酒香心乐庆乔迁

人居玉宇千年茂
日映华堂百业兴

小舍落成增吉庆
新居进住集祯祥

五色祥云笼甲第
千年福景聚新门

日照新居添锦绣
花栽小院吐芬芳

仁里莺迁崇四美
新居燕喜庆三春

户对青山摇钱树
门迎绿水聚宝盆

玉宇窗含千里绿
华堂庭树万年青

旧宅惯生如意草
新居又放吉祥花

甲第喜迁新气象
宅门不改旧家风

民重农田能富国
光增新宅喜齐家

吉星高照新居户
喜气常盈发富家

华构生辉福满户
新居焕彩喜盈门

迁居喜遇吉祥日
安宅正逢如意时

旭日乍临家世乐
和风初度物华新

旭日随心临吉地
春风着意入新居

江山聚秀归新宇
日月交辉映画堂

祥云环绕新门第
红日光腾喜里邻

还期出谷迁乔木
且喜开门见远山

移门欲就山为榻
迁户敢将水作琴

里有仁风春色溥
家余德泽福星临

喜延明月长登户
自有春风为扫门

宏图大展幸福宅
泰运长临富裕家

紫光永笼吉祥地
瑞气长临富裕家

鱼跃龙门随变化
莺迁乔木喜飞扬

新地新居新气象
好家好国好生活

画栋连云光旧业
华堂映日霭新居

满室芝兰添秀色
盈门桃李笑春风

居卜风和仁是里
堂开景聚德为邻

一年种禾十年种木
百万买宅千万买邻

莺迁华屋安仁里
燕贺新居洽德邻

卜邻山中兹号佳处
大庇天下此为造端

家居绿水青山畔
人在春风和气中

大厦千秋腾蛟起凤
宏图百世踞虎盘龙

已得高枝不须鹤寄
新来乔木大好莺迁

恋旧友又添四邻友
住新楼更上一层楼

天舞祥云地生瑞气
国施善政民起华堂

唯德成邻莺迁燕喜
以文会友霞蔚云蒸

吉日迁居万事如意
良辰安宅百年遂心

喜气长留辉煌栋宇
祥光永照锦绣华堂

乔木葱茏仁者择里
崇墉环绕德必有邻

喜到门庭清风明月
福临宅第积玉堆金

乔迁喜天地人共喜
新居荣福禄寿皆荣

华堂入云江山添一景
大厦落成农家乐三春

华构落成可称乐土
比邻互助更喜安居

笑语声声共庆乔迁喜
腊梅朵朵同吟致富诗

合天时祥云连画栋
得地利峻岭对新庭

晨曦照新居五光十色
春风吹大地万紫千红

创基业门庭祥云卷
展宏图宅第瑞气生

何须大厦高楼方称杰构
有此青山绿水便好安居

金屋玉堂固称杰构
德门仁里自是安居

漫云画栋雕梁但求仁里
虽是茅庐草舍幸与德邻

燕舞莺歌华构春光普照
龙腾虎跃神州气象一新

福临吉第
春满华堂

水抱山环新屋饶园林乐趣
春华秋实生活胜城市风光

佳地春风暖
新居燕语喧

燕喜新居迎得春风栽玉树
莺迁乔木蔚成大器建家邦

莺迁金谷晓
花报玉堂春

日月焕光华快睹盈门凝瑞气
山川钟秀丽伫看奕叶启人文

门有仁风春日照
家迁德里福星高

创造得天时福寿财源祈并茂
安居逢地利儿孙富贵冀齐荣

金屋暖风迎紫燕
华堂春日咏仓庚

安处于廉泉让水间乐天知命
卜居在德邻仁里内与世无争

婉转莺歌金谷晓
呢喃燕语玉堂春

（以上通用）

云霞呈秀
梅柳生辉

燕筑新巢春正暖
莺迁乔木日初长

（以上春季迁居）

华堂昼永
乔木春深

风移金谷舞
荷放碧池新

莺迁乔木
燕舞春风

荷开五福宅
鹊架七夕桥

华堂昼永书香满
乔木夜深蛙鼓多

迁于佳构乐园里
安居荷塘月色中

槐花落处生瑞气
阳鸟啼时卜新居

新居早迎喷薄日
小园晚挂荷花灯

日丽华堂祥光四壁
云连夏屋瑞气一门

蛙鼓夜鸣门前有韵
荷花晨放窗外无声

廉让之间其风肆好
吉祥所止与日俱长
　　　（以上夏季迁居）

门含紫气
室染秋香

雁鸣秋色
凤栖高梧

明月一轮满
德邻五福长

重阳及福地
金菊灿华堂

中秋明月辉华宇
当院紫薇绕碧轩

莺迁乔木松流韵
月洗蓝天桂吐香

乔木浓阴莺迁金谷
琼楼秋爽兔跃蟾宫

明月当空吐银泻玉
艳阳临阶涌金流霞

瑞献桐阶凤凰来集
香飘桂苑蟾兔争雄
　　　（以上秋季迁居）

门庭多喜气
家室驻初春

留云笼竹叶
邀月伴梅花

冬去矣祥光入户　　　　　门对青山庭铺瑞雪
春来也喜气盈门　　　　　屋临绿水窗绽红梅

岁寒三友添新友　　　　　冬令如春江山吐秀
和气同春占早春　　　　　红梅映雪栋宇增辉
　　　　　　　　　　　　　　（以上冬季迁居）

山　乡

下临无地　　　　　　　　石盘路上
上仰青天　　　　　　　　屋造山前

下临绝壁　　　　　　　　四围山色
高倚层云　　　　　　　　一径松声

飞倚壁上　　　　　　　　四周烟水
悬嵌崖间　　　　　　　　一榻云山

开窗来瀑　　　　　　　　行云流水
闭户闻泉　　　　　　　　倚壁俯江

云从栋起　　　　　　　　迎岚掬翠
水与阶平　　　　　　　　编竹架栏

户临绿水　　　　　　　　层峦环后
门对青山　　　　　　　　绿水映前

松声充耳
山色满庭

山色轩楹内
水声枕席间

枕山望水
拨雾踢云

山虚风落石
楼静月侵门

依山做基
就壁造房

飞栋临黄鹤
高窗渡白云

高山起栋
峭壁建房

云霭临檐宿
柏松夹道生

烟楼挂壁
云阁腾空

开窗碧嶂满
拂镜沧江流

野花盈径
杂木遮扉

风出窗门里
云生梁栋间

二分明月户
万里白云乡

水抱孤村远
山通一径斜

大壑随阶转
群山入户登

户外一峰秀
阶前万壑深

山居多水石
岩宅富云烟

处处柴扉敞
家家竹院开

鸟声幽谷树　　　　盘岭两三寨
山影夕阳村　　　　临崖四五家

地高春色晚　　　　窗小能留月
天近日光多　　　　檐低不碍云

青山烟外寺　　　　碧藏云外寨
薄雾水边楼　　　　红拥山中楼

舍下笋穿壁　　　　一庭花影三更月
庭中雾遮檐　　　　万壑松声五夜风

岩洞天工巧　　　　一路沿溪花复水
楼台地势幽　　　　几家深树碧藏楼

泉声常入室　　　　万壑烟云留槛外
草色不侵阶　　　　半天风竹拂窗来

室敞许云驻　　　　山色满窗书满架
竹深无暑通　　　　云根为壁竹为门

高楼悬百尺　　　　千年雪岭栏边立
玉树起千寻　　　　万里云涛座上浮

野径到门尽　　　　门临一涧百溪水
山窗连竹青　　　　窗纳千岩万壑风

云生山宅衣裳润
风带江潮枕簟凉

天然深秀堂前树
自在流云槛外天

月乘半榻寒松影
风送满山秋叶声

石上丛林遮箕斗
窗边瀑布挟风雷

鸟啼碧树闲临水
竹映高墙紧傍山

平楼半入南山雾
飞阁旁临东墅春

西岭烟霞生画栋
东山云树掩柴门

当窗漫凿峰头石
带雨遥分浦上云

竹间门巷带长水
花外轩窗排碧峰

江近时时吹白雨
楼高面面看青山

好山入座清如洗
嘉树当窗翠欲流

声来枕上千年鹤
影落杯中五老峰

花明树暗全依水
地少人多半借山

秀水绕门蓝做带
青山当户翠为屏

松声竹韵清琴榻
云气岚光润笔床

沿涧水声喧户去
卷帘山色入窗来

春云拟黛山千叠
画阁笼烟柳半天

春深晓翠云封户
花灿斜阳人倚楼

栋起凌云连北斗
堂开向日对南山

天外银河烟波宛转
云中翠崿雨雾霏微

幽禽啼树苍烟破
怪石当门翠霭悬

日照山居幽鸟助兴
月明华屋碧松陪眠

绕寨水声从地起
隔窗山色自天来

杰地多幽水如碧玉
华居不俗风有高梧

倚山背水添新宇
语燕啼莺入世家

数亩芳田犁云耕雨
三间石屋弄月吟风

绿树岩前疏复密
白云窗外卷还舒

门外苍松参天黛色三千尺
崖前古柏溜雨霜皮四十围

绿圃空阶云冉冉
异禽灵草水潺潺

月地云阶别向华林开胜境
屏山镜水时从芳径探幽踪

窗含青黛鸟衔翠
门对绿杨燕语枝

白鸟忘机看天外云舒云卷
青山不老任庭前花落花开

隔窗云雾生衣上
卷幔山泉入镜中

江阁凭临一水净连天际碧
石栏闲倚群山秀向雨余青

数竿修竹三间屋
一席清风万壑云

绿野初开两亩荷花三径竹
纤尘无染四围潭水一房山

水 乡

风帘翠幕
烟水画桥

水流衔砌雾
日影照窗烟

河水交织
石桥纵横

四更江吐月
五夜月明楼

清含泉韵
秀引湖光

白鸟依窗宿
青蒲傍砌生

一径野花乱
孤村春水生

对门开竹径
临水种梅花

一楼摘北斗
万顷渺清波

合眼波吹枕
开篷月入船

门前闻水韵
窗口有渔声

江水碧千里
夕阳红半楼

无桥通市迹
有树隐人家

江村片雨外
野寺夕阳边

月下江流静
船边人语稀

江湖双桂棹
风雨一蓑衣

江楼千里月　　　柳暗湖堤曲
水屋几只灯　　　篱疏水巷深

村村门外水　　　星淡鱼吹火
处处竹中家　　　风高笛倚楼

花影常迷径　　　钟声烟际寺
波光欲上楼　　　灯影水边楼

明月双溪水　　　秋庭风落果
轻波一钓船　　　江岸雨推沙

苔径临江树　　　桥畔秋荷灿
茅檐覆地花　　　门前野菊香

苔封三径绝　　　柴门春燕紫
溪远数家通　　　溪水落花香

鱼盐桥上市　　　海云迷驿道
灯火雨中船　　　江月隐乡楼

草市多樵客　　　流水绿萦砌
渔家足水禽　　　落花红坠枝

草色村桥晚　　　家在桃花岸
蝉声江树稀　　　门临溪水边

桑叶隐村户
芦花妆钓船

野水平桥路
春沙映竹村

野市鱼盐隘
江村竹苇深

绿杨深浅巷
碧水往来舟

落花香水道
垂柳拂云窗

寒鸦飞数点
流水绕孤村

曲水溪桥映户
参天野树迎门

春院啼莺舞燕
小桥流水飞红

一片水光飞入户
千竿竹影乱登墙

十分春水双檐影
百叶莲花七里香

十里白云如坠海
半天红叶好辉楼

几处疏篁沿小径
四边流水绕孤村

几树斜阳晴晒网
一篷凉月夜吹箫

千树梅花万两药
几间新屋一溪云

门连野水风长到
鸭放平湖夜不归

小院回廊春寂寂
浴凫水鹭晚悠悠

月色满床兼满地
江声如鼓复如风

风清流水当门转
春暖飞花隔岸来

平开水面闲观鸟
高琢檐牙宿斗牛

星沉海底当窗见
雨过河源隔座闻

东风习习千波绿
旭日彤彤万户春

茸铺草色春江曲
雪剪花梢玉砌前

四面清风三面水
二分明月一分花

秋水才添四五尺
绿阴相间两三家

白沙翠竹江村暮
绿树红梅月色新

秋水长天凭槛望
沉鳞飞羽供盘餐

台上柳枝拂水动
门前荷叶与桥齐

秋风万里芙蓉国
暮雨千家薜荔村

帆舞东风征大海
门临旭日乐渔家

桥边雨洗藏鸦柳
池畔花深斗鸭栏

坐可濯足于床下
卧能垂钓在枕边

桃花入户风兼雨
春水到门船在天

帘外微风斜燕影
水边疏竹近人家

桃花浪阔三江水
杨柳丝长百尺楼

柳影映池鱼上树
高天沉水鸭穿云

高柳簇桥初转马
数家临水自成村

烟波淡荡摇空碧
楼阁参差依夕阳

篱边野菊凝霜白
桥畔幽兰映水丹

海气侵阶晴亦雨
潮声著树晚多风

片片水洼星罗棋布
条条河汉交错纵横

海屋风和花正茂
锦堂日暖桂生香

玉砌朱栏不雨亦润
金台碧阁倒影斜阳

野花作雪常依树
溪水如云欲到门

四壁藕花香风入座
三间水榭明月满怀

野桃含笑竹篱短
溪柳自摇沙水清

画桥碧阴明漪绝底
绿树野屋好风相从

渔唱晓迎红日出
舟帆暮载锦鳞归

两岸楼台高卷筠帘邀月入
一河船舫轻摇兰棹载鱼来

清水莲花香万里
碧天月色照千家

翠柳几行喜迎白鹤栖渔户
碧波千顷笑迎红鲤跃龙门

楼台飞角达林际
亭榭曲廊蠹水滨

楼　阁

山近云多态　　　　　　水宽山远云烟淡
楼高月更明　　　　　　月静风和楼阁幽

小楼容我静　　　　　　青松山下无双地
大地任人忙　　　　　　细雨村中第一楼

飞阁凌芳树　　　　　　春深晓树云封户
高窗度白云　　　　　　花艳斜阳人倚楼

风烟彭泽里　　　　　　胸存杜甫千间厦
辞赋仲宣楼　　　　　　气压陈登百尺楼

水光浮日亮　　　　　　碧树一林分秀色
山色上楼多　　　　　　山楼百仞耸奇观

白云依大树　　　　　　听雨楼中望云轩外
明月照高楼　　　　　　春吟绿草秋咏黄花

檐头挂日月　　　　　　城外山青池边树碧
楼顶映烟霞　　　　　　楼头月到天际云飞

九天星宿檐前见
万壑烟云楼顶飞

横　批

人杰地灵	本固枝荣	倚云临壑
大吉大利	四季平安	高山起栋
吉日良辰	百年大计	窗腾云雾
新基奠定	吉星高照	（以上山乡）
（以上奠基）	地利人和	一片水光
上梁大吉	合家同庆	二分明月
日升月恒	华堂增辉	千顷碧波
金梁玉柱	宅院福地	水竹傍居
福星高照	安居乐业	石桥纵横
（以上上梁）	幸福长存	江月隐楼
千秋大业	国治家齐	泉韵湖光
华构吉庆	金莺出谷	烟水画桥
华堂焕彩	春风绣宇	（以上水乡）
金玉满堂	莺迁燕贺	山楼百仞
栋宇春光	紫气东来	天近云低
春驻新居	（以上迁居）	云飞楼头
康宁福地	山窗涧户	明月高楼
（以上落成）	四围山色	楼顶烟霞
山环水绕	行云流水	楼依日月
心花怒放	岩蹬石门	（以上楼阁）
双喜临门	挂壁面川	

挽　联

通　用

挽　男

大德无量　　　　　花凝泪痕
青史永垂　　　　　水放悲声

千秋遗范　　　　　泪倾泰岳
百世流芳　　　　　痛断黄泉

光明正大　　　　　秋风鹤唳
磊落清白　　　　　夜月鹃啼

名流千古　　　　　音容在目
光耀四乡　　　　　浩气凌空

寿高德望　　　　　音容宛在
子孝孙贤　　　　　道范永存

前人典范
后世楷模

恩泽四海
功高九天

流芳百世
遗爱千秋

悲歌动地
哀乐惊天

精神不死
风范长存

德传百世
名播千秋

一生行好事
千古记芳名

一生传美德
终古树高风

门外奠云聚
堂中悼念多

天下皆春色
我门独素风

天不留耆旧
人皆惜老成

天不遗一老
人已是千秋

正气留千古
丹心照万年

杜梁悲落月
鲁殿圮灵光

忧国身先陨
游仙梦不回

寿终德望在
身去音容存

苍松长耸翠
古柏永垂青

雨洒天流泪
风号地哭声

星沉处士里 化悲痛为力量
月冷庾公楼 继遗志写春秋

美名留千古 月碧魂依蔓草
忠魂上九霄 雪红泪洒桃花

徒饮千行泪 生前不卑不亢
只增万斛愁 去后可泣可歌

高风传梓里 青山永志芳德
亮节昭乡人 绿水长吟雅风

素心悬夜月 直道至今犹在
高义薄云天 清名终古长留

提耳言犹在 美德堪称典范
扪心齿欲寒 遗训长昭子孙

痛心伤永逝 一世精神归华表
挥泪忆深情 满堂血泪泣云天

鹤梦归何处 人间未遂青云志
猿啼在此间 天上已成白玉楼

一世辛勤劳动 九原有泪流知己
终生耿直为人 万户同声哭善人

三月雨催椿树萎
五更风促杜鹃啼

三更月冷鹃犹泣
万里云空鹤自飞

三径寒松含露泣
半窗残竹带风号

大雅云亡梁木坏
老成凋谢泰山颓

万里山花凝血泪
一溪流水作哀声

云深竹径樽犹在
雪压芝田梦不回

云覆巫山人不见
月明仙岭鹤归来

日落西山还见面
水流东海不回头

气数不言仁者寿
性情犹见古之愚

从今不复闻謦欬
此后何堪忆笑容

公去大名留史册
我来何处别音容

月阶静夜蛩声彻
竹院秋声鹤梦惊

风吹秋水一河浪
雨点春山满眼悲

玉树长埋悲老友
瑶花焕发盼佳儿

玉树栽来欣擢秀
琼枝萎去动世怀

正喜东园同把盏
奈何南浦竟消魂

平生风义兼师友
来世因缘结弟兄

平生壮志三更梦
万里西风一雁哀

龙隐海天云万里
鹤归华表月三更

壮怀犹在风云上
诗卷长留天地间

古同松柏清同竹
言可经纶行可师

扶桑此日骑鲸去
华表何年化鹤来

白马素车愁入梦
青天碧海怅招魂

何知一梦飞蝴蝶
竟使千秋泣杜鹃

白骨未埋三尺土
忠魂已上九重天

身似芳兰从此逝
心如皓月几时回

白雪有情同我素
红梅无语任他春

身影已随云气散
鹤声犹带月光寒

地下又添高士伴
生前原作古人看

完来大璞归天地
留得和风惠子孙

老泪无多哭知己
苍天何遽丧斯人

良操美德千秋在
亮节高风万古存

扫榻飞烟惊化鹤
卷帘留月觅归魂

灵去九天悲夜月
芳留百代继家风

仿佛音容犹入梦
依稀笑语痛伤心

直道至今犹可念
旧游何处不堪悲

事业已归前辈录
典型留于后人看

英灵已做蓬莱客
德范犹薰梓里人

雨中竹叶含珠泪
雪里梅花戴素冠

雨飘翠竹垂红泪
雪压青松戴素冠

明月清风怀旧宇
残山剩水读遗书

泪添九曲黄河溢
恨压三峰华岳低

空山月冷人何在
幽宅风寒痛不穷

空梁月冷人千古
华表魂归鹤一声

细语柔言情宛在
凄风苦雨恨偏长

春风有恨垂疏柳
晓露含愁看早梅

春雨梨花千古恨
秋风桐叶一天愁

星沉南极行云黯
鹤唳中天霁月寒

香销夜月梅花寂
韵冷苍天鹤梦寒

秋草独寻人去后
寒林只见日斜时

送花环继承遗志
奏哀乐凭吊忠魂

壶中日月三生梦
海上云山万里愁

桃花流水杳然去
明月清风何处寻

流水夕阳千古恨
暮云春树一天愁

情怀旧雨金兰恨
泪洒西风桂子悲

想见音容云万里
思听教训月三更

情深枯木终天恸
泪点寒梅触景思

想见音容空有泪
欲闻教训杳无声

情凝雪片皆飞白
泪洒枫林尽染红

碧水青山谁做主
落花啼鸟总伤情

骑鲸去后行云黯
化鹤归来霁月寒

翠色织云笼夜月
玉容带雨泣春风

绿水青山常送月
碧云红树不胜悲

鹤驭瑶台秋月冷
鹃啼玉砌陇云飞

椿影已随云气淡
鹤声犹带月光寒

鹤驾已随云影邈
鹃声犹带月光寒

椿影已随残月去
桂香犹逐好风来

一世辛勤范留乡里
终生节俭泽及村邻

鹃啼五夜凄风冷
鹤唳三更苦雨寒

大雅云亡空怀旧雨
哲人其萎怅望清风

蓬门日影高轩过
蒿里哀声白马来

大道为公徒存手泽
因材而教顿失心传

办事公平毕生无愧
为人正直浩气长存

未弥前思顿作永别
追寻笑绪皆为悲端

功著神州音容长在
名垂青史德泽永存

白云蔽日悠然而尽
黄叶满街凄其以悲

有长者风无市侩气
离浊尘世登极乐天

回溯前尘情同骨肉
追怀往事痛断肝肠

往事昭昭长传宇内
精忠耿耿犹在人间

学富雕龙文修天上
才雄走马星殒人间

南极星残徒陈椒酒
华堂日淡空进桃汤

秋水蒹葭难忘贤者
春风桃李痛哭斯人

烟径云迷风凄翠竹
石坛露冷雨泣黄花

海阔天空忽悲西去
乌啼月落犹望南归

福寿全归音容宛在
齿德兼重名望常昭

云鹤失声鲜花凝涕泪
寒松有节碧血凛冰霜

日月驶如流一朝永诀
风云诚不测千古同哀

世事已无常空留尘榻
音容觅何处怅望人琴

生前忠节似松凛霜雪
逝后高风如月照云天

契合拟金兰情怀旧雨
飘零悲玉树泪洒西风

噩耗惊传哀歌动梓里
遗言常在美德示人间

月照寒风空谷深山徒泣泪
霜凝枯草素车白马更伤情

云凄风惨对青灯而自苦
山颓木坏痛绛帐之空悬

风动帏空青鸟降时魂泣血
潭深波咽苍鸦啼处梦传神

多少人痛悼斯人难再得
千百世最伤此世不重来

烟雨凄迷万里春花沾碧血
音容寂寞千条秋水放悲声

忠厚终生实乃儿孙表率
勤劳毕世足堪邻里楷模

跨鹤孤山三十载梅花一梦
骑鲸采石五百年明月重圆

大义长存热血一腔化骤雨
忠魂不死雄心百代泣长风

忆杖履追随直节清严犹在望
怅老成凋谢名贤德操未终篇

大雅云亡绿水青山谁做主
老成凋谢落花啼鸟总伤神

此老竟萧条幸有高文垂宇宙
平生怀大志广栽桃李在人间

云鹤失声一片鲜花凝血泪
寒松有节千秋碧色凛冰霜

挽　女

兰摧玉折
花落水流

花凝珠泪
水放悲声

寿终内寝
鹤驾西天

淑德标彤史
芳踪依白云

音容宛在
懿德永存

日碧魂依蔓草
雪红泪洒桃花

梅残东阁
烛剪西窗

户外红梅绿竹
室中白衣素袍

慈颜已逝
风木与悲

人悼慈云长恨别
天推萱草抹幽容

女星沉宝婺
仙驾返瑶池

了无遗恨留闺阁
自有余徽裕后昆

风木有遗恨
瞻依无尽时

风吹蕙帐萱花落
月冷吴江杜宇悲

广寂凄风冷
楼空苦雨寒

白马素车挥别泪
青天碧海觅慈颜

名标彤史范
望断白云乡

西竺莲翻云影淡
北堂萱萎月光寒

画荻踪难觅
扶桐泪欲倾

西池驾已归王母
南国辉空仰婺星

扫榻飞烟惊化鹤
卷帘留月觅归魂

画堂省识春风面
环珮空归月夜魂

朱墙碧瓦归仙驾
象服鱼轩想母仪

雨泣黄花应有恨
风凄翠竹更堪悲

竹林风月谁相赏
兰桂庭阶我独悲

雨淋杏蕊流红泪
雪压松梢戴素冠

花落胭脂春去早
魂销帏帐梦来惊

径扫丹枫皆丧礼
门临白马尽嘉宾

花落萱帏春去早
光寒婺宿夜来沉

宝婺光沉天上宿
莲花香现佛前身

芳草清幽香满院
凄风苦雨痛盈门

宝瑟无声弦柱绝
瑶台有月镜奁空

身似芳兰从此逝
心如皓月几时归

荆花树上知春冷
萱草堂中觉岁寒

彤管自应标淑德
萱帏长此仰徽音

幽兰仍觉遗风在
宿草何曾润雨干

画地曾传贤母获
引刀谁断教儿机

香消夜月梅花寂
韵冷苍天鹤梦寒

倚门人去三更月
泣杖儿悲五夜寒

案积芸香存手泽
庭余芝草见心田

梅吐玉容含孝意
柳拖金色动哀情

悼念不闻亲教诲
情怀仍忆旧音容

琦阁风凄伤鹤唳
瑶阶月冷泣鹃啼

蕙质兰姿归阆苑
琼林玉树绕阶庭

鹃啼五夜凄风冷
鹤唳三更苦雨寒

魂上九天悲夜月
芳留百代忆春风

慈竹临风空有影
晚萱经雨不留芳

慈竹霜寒丹凤集
桐花香萎白云悬

瑶池旧有青鸾舞
绣幕今看白鹤翔

蝶化竟成辞世梦
鹤鸣犹作步虚声

鹤驭瑶台秋月冷
鹃啼玉砌陇云飞

懿德合应传后世
遗型从此望前贤

懿德难忘流痛泪
慈恩未报绕愁肠

彤管芬扬久钦懿德
绣帏香冷空仰徽音

壶范垂型贤推巾帼
婺星匿彩驾返蓬莱

绣阁花残悲随鹤唳
妆台月冷梦觉鹃啼

绮阁风寒伤心鹤唳　　　　　钗逐燕飞影分鸾凤悲菱镜
兰阶月冷泣血萱花　　　　　梭停龙化尘染鸳鸯废锦机

青鸟信来王母归时环珮冷　　梦断北堂春雨梨花千古恨
玉箫声断秦娥去后凤楼空　　机悬东壁秋风桐叶一天愁

横　批

大雅云亡	风范长存	仙驭难回
老成凋谢	名远德高	名垂千古
寿老归真	典型永在	驾鹤归仙
抱痛庾楼	音容宛在	哲人其萎
高风亮节	清白一生	遗志永昭
鹤驾西天		

（以上挽男）

母仪千古	百世流芳	贞操美誉
光寒婺宿	妇德无愧	宝婺西沉
品高德昭	美德遗风	壶范长存
淑德常昭	淑德懿型	婺宿沉芒
慈帏竹摧	慈颜永在	懿范永存
懿德永昭		

（以上挽女）

专　用

挽祖父

无病而终修是福
痛心不止悲为孙

福寿全归名扬梓里
齿德兼重荫及子孙

永别儿孙功业在
长辞世事遗风存

风起云飞室内犹存戒子语
月明日黯堂前似听弄孙声

严君早逝心尤痛
大父旋亡泪欲枯

祖父辞尘深痛音容难再睹
嫡孙承重回思教诲怎能忘

英姿爽气归图画
壮志丹心留子孙

寂寞乾坤含笑一公何所在
凄迷风雨忍悲两代继遗风

一夜秋风狂摧祖竹
三更凉露泪洒孙兰

奉杖几何时爱日长绵承百岁
含饴今不在悲风徒冷祭重泉

挽祖母

抱孙昔日恩如海
承服今朝痛彻心

祖母目瞑千载去
诸孙泪洒几时干

懿德传诸乡里口　　　　　祖母云亡未报深恩徒涕泪
贤慈报在子孙身　　　　　嫡孙承重还从何处觅音容

无病而终平生修到　　　　祖母云亡白发含饴今已矣
含饴未报何日能忘　　　　维孙不孝黄花奠酒盍悲乎

痛伤心祖母乘鹤去　　　　慈竹风摧鹤唳一时悲属纩
垂泪眼诸孙效鹃啼　　　　西山日落鸠杖只影恨含饴

乌养未回怕读陈情表
鸾骖顿杳尤做痛心人

挽外祖父

公颜自后从何视　　　　　才愧乘龙坦腹不嫌陈孺子
善训而今总莫聆　　　　　驭长驾鹤伤心顿哭张富翁

美德长存山河里　　　　　曾随慈母来昔日教言犹在耳
嘉风久惠天地间　　　　　痛悉外公去当年教泽永难忘

灵鹊传声铁石亦为洒泪
骑鲸何处外孙怎不伤心

挽外祖母
带去暮年残岁　　　　　　萱幄长青视外孙如孙慈恩未报
留来厚德芳名　　　　　　莲台仙去随老母哭母痛泪难干

懿德常齐天地永　　　　　属纩恨来迟宅相怀惭音容符祖德
嘉风久伴山河存　　　　　抚棺悲遽逝孙行忝附色笑慰娘思

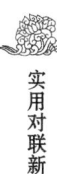

挽　父
寿终正寝　　　　　　　　一世辛勤劳动
鹤驾西天　　　　　　　　终生淳朴为人

严颜已逝　　　　　　　　父去言犹在耳
风木与悲　　　　　　　　春来我不关心

音容犹在　　　　　　　　一世务农勤稼穑
德泽永存　　　　　　　　全心爱国勉儿曹

教诲永记　　　　　　　　门对东方常见日
风范长存　　　　　　　　云封屺岭不逢亲

英灵垂天地　　　　　　　心因父逝长滴血
美德传室家　　　　　　　月解我悲暗无光

只见三秋多苦雨
谁知九月别严亲

家中痛毁安梁柱
室内难闻逆耳言

生前教子成良器
逝后望儿继好风

惨目灵椿生意老
省心严父泪痕多

训犹在耳时时律
范已铭心代代传

深恩未报惭为子
隐憾难消忝作人

多谢嘉宾来祭奠
深悲严父去留难

痛失严椿千古恨
悲兴嫩桂百年愁

守孝不知红日坠
思严常望白云飞

痛矣今朝当父逝
伤哉何日报亲恩

泣父悲声羊束语
致儿哭废蓼莪诗

慎终不忘先严志
追远常存孝子心

思亲腊尽情无尽
望父春归人未归

想父音容空有泪
听亲教训杳无声

音容未远悲畴昔
杖履空存忆老成

勤劳一世传佳话
忠厚千秋著美名

屋内儿知嗟父逝
门前吊客履霜来

节俭家风儿女永记
勤劳本色世代相传

笑貌音容永铭心下　　　　父训常思苦口忠言催我奋
言谈举止化作儿行　　　　严颜难见持家教子有谁帮

祭酒陈词表儿孝意　　　　想我父厚以待人薄以待己
讴歌洒泪悼父英灵　　　　愧儿曹生未尽孝死未尽哀

有当头哪个不言为子易　　青山念悲声声泪声声呼严父
经过手如此才知做父难　　碧水长歌字字血字字哭英灵

挽　母

流芳百世　　　　　　　　忆慈颜心伤五内
遗爱千秋　　　　　　　　抚遗物泪洒两行

人间慈母失　　　　　　　玉洁冰清骑鹤去
天上大星沉　　　　　　　女贤子孝哭灵来

忍别慈亲去　　　　　　　未盗仙桃调口味
还期驾鹤归　　　　　　　空悲黄土覆慈容

无路庭前重见母　　　　　世上痛无救母药
有时梦里一呼儿　　　　　灵前哭倒断肠人

长记惠慈传后世　　　　　去岁慈言犹在耳
永留典范在人间　　　　　今年子请再无音

生前记得三冬暖　　　　莫报春晖伤寸草
逝后思量六月寒　　　　空余碧血泣萱花

冰霜高洁传幽德　　　　恩似海深悔未报
圭璧清华表后贤　　　　泪如泉涌苦难言

良操美德千秋在　　　　婺星顿陨天空黯
亮节高风万古传　　　　美德犹存家景长

直骨尤超古鹤上　　　　慈竹当风空有影
慈教仍在青云中　　　　晚萱经雨不留香

宝婺云迷妆阁冷　　　　慈母一朝辞故里
萱花霜萎绣帏寒　　　　白云千载荡清风

终天唯有思亲泪　　　　慈惠常留众口颂
寸草痛无益母丹　　　　典型留作后人师

春江桃叶莺啼湿　　　　看月瞻云慈容在目
夜雨萱花蝶梦寒　　　　期劳戒逸母训铭怀

春近人欢花又发　　　　嘘暖问寒言犹在耳
岁更我哭母长辞　　　　怀胎哺乳恩岂忘心

思亲苦恨音容杳　　　　半世劬劳戚里咸钦懿范
念母难酬养育深　　　　一朝永别合家痛失慈晖

声咽丧帏肠断秋风鹤泪　　杜宇伤春泣残雪泪悲花老
泣残蕙帐血枯夜月鹃啼　　幼鸟失母啼破哀声夜光寒

升堂不闻机杼声肝肠并断　　酒进晨昏怎教儿一滴一泪
入门难见依间母血泪交流　　香焚朝夕唯祝母如生如存

挽父母
杳杳双亲无复见　　惨目灵椿生意老
哀哀两字不堪闻　　伤心慈竹泪痕多

茶烟宛在难寻父　　椿树早凋悲未已
针线犹存不见娘　　萱花才萎泪无穷
　　　　　　　　　　　　　（父先丧）

庭前不见父母在　　严父忽归忍别全家丢下手
梦里难忘恩泽长　　慈母若问就说孤子已成人
　　　　　　　　　　　　　（母先丧）

深恩未报惭为子　　情切一堂红泪相看都是血
隐憾难消愧做人　　哀生诸子斑斓忽变尽成麻

挽岳父
丁年病入黄泉路　　丈人峰屹瞻如昨
午夜惊颓太岳峰　　半子意惆怅在兹

半子无依何所赖
东床有泪几时干

菊径荒凉乔阴莫仰
蓉城缥缈仙驭难回

南极辉沉空太息
东床望断失瞻依

樛木同瞻幸分椿荫
泰山莫仰怅绝兰阶

泰岳崩坍天失色
东床悲痛泪沾巾

公不少留风采伤心分半子
我将安仰音容回首隔重泉

峰顶大人嗟已矣
膝前半子痛何如

半子情深叨预鲤庭诗礼训
三山迹杳忍教鹤驾海天秋

泰岱无云滋玉润
东床有泪滴水情

挽岳母

自入婿乡蒙厚爱
何堪甥馆杳慈云

婺星西陨恩无尽
泰水东流泪不干

爱女爱婿无限爱
悲风悲雨几多悲

慈竹影寒甥馆月
昙花香杳佛堂云

凄凉甥馆慈云黯
缥缈仙乡夜月寒

萱舍寂寥人归西蜀
婺星黯淡泪洒东床

忆半子昔日乘龙窗东有幸　　获选乘龙欣喜窗东夸坦腹
痛岳母今朝驾鹤堂北无依　　游仙跨鹤凄凉堂北拜遗容

岳母果何之可是心羡瑶池逍遥赴宴
子婿无以吊只好眼含玉珠哭泣奔丧

挽伯父、叔父

伯父魂消哭泪眼　　昔年训诲犹子鲤庭聆教范
侄儿心痛泣断肠　　此日音容渺茫马诚感遗书

深恩赐我犹如父　　画虎当年玉树交亲叨厚爱
泽惠施人宛若仙　　乘鸾此日竹林挥泪有余悲

遗训常怀亚父德　　侄儿庸才且喜竹林多茂盛
酬恩未尽比儿情　　叔父大德永教棣萼庆联辉

远望竹林空坠泪　　遗侄蒙恩继业兴门承叔志
徒思马诚埶遗书　　如儿饮泪铭心刻骨振家声

忠厚毕生足堪侄儿表率　　叔父早魂飞未知何年还鹤驾
勤劳一世实为邻里楷模　　比儿常泪湿怕逢薄暮听乌啼

挽伯母、婶母

半世最怜婶母苦　　　乌诉春愁花落竹林人去后
六亲都为比儿悲　　　诗陈秋感风摧萱草月明时

疾革婶娘形不见　　　荻画慈云分得恩情及犹子
风寒犹子意难终　　　蓬山薤露更谁孤苦念伶仃

尽荻同遵推思犹子　　痛失慈萱花落竹林春去早
系蘩以荐事死如生　　悲兴犹子光寒婺宿夜来迟

慈训亲承田荆秀苗　　痛伯母寿届稀龄夏日炎炎伤鹤驾
遗容宛在窦桂荣分　　叹侄辈情深服重夜悲耿耿泪啼鹃

大好竹林勉作达人惟婶母
诔歌蒿里空言犹子即生儿

挽姑父

内侄昔来庭岂意语声移薤露　　公何憾乎旧业先畴宗功祖德
姑丈今谢世伤心泪雨滴桃花　　姑其寡矣含辛茹苦泪眼愁眉

挽姑母

谊属先姑光耀门楣叨慈荫　　菱镜影孤惨听秋风吹落叶
恩深犹子诗赓茑萝寄哀思　　锦机声寂愁看夜月照空帏

挽舅父

哭我娘兄弟　　有泪洒州门白眉增太息
惨大地风烟　　无才成宅相青眼益酸辛

桂子香时舅遽逝　　晋重耳车马长辞神伤渭水
菊花开后我方来　　谢安石室庐依旧泪洒州门

挽舅母

长有遗爱留懿范　　荻画同遵愧梼杌未符宅相
不堪清酌奠灵帏　　婺星顿陨幸桂兰丕振家声

英姿爽气归图画　　懿训难忘自谓庸愚惭宅相
懿德嘉风勉子孙　　慈容顿杳未曾报答到春晖

挽姨父

小子何知早识邢谭通雅意　　偕吾母姐妹同行芳循钟郝

亲情最厚不堪萝茑失乔阴　　缪不才侄儿雅爱姻失邢谭

挽姨母

恩谊同舅甥顿失慈容劳想象　　鹤驾遽西归痛姨音容从此杳

往来问钟郝顷怀懿训寄悲哀　　雁行竟中断伤母手足何以堪

挽　兄

愁系竹林畔　　云路天高谁使雁行分只影

泪弹荆树边　　风亭月冷何堪荆树萎连枝

不图花萼终联集　　训弟做人一生辛苦今犹在

何忍雁行各自飞　　持身涉世半辈谦恭古已稀

从今死后分人鬼　　原上春深鹡鸰音断云千里

但愿来生再弟兄　　林梢夜寂鸿雁声哀月一轮

雁阵霜寒悲折翼　　椿树萎经年方期棣萼辉两阮

鹡原露冷痛孤翔　　荆花摧往日孰料茱萸少一人

雁翼折西风先我而生先我而死
蛮音悲落日可叹在弟可叹在兄

挽　嫂

自愧不才此后议围难遽解　　回想幼年时绕膝相依如我母
敢忘懿德于今家政复谁操　　难疗今日病伤心何以慰吾兄

忍人所难论妇德称我家表　　家事赖支持长嫂为娘一生不怨
先夫而死据恒言则嫂福多　　仙游伤仓促阿兄哭妇数日多悲

挽　夫

花为春寒泣　　忍抛贱内西天去
鸟因肠断哀　　舍得孤儿北地寒

窗竹鸣秋雨　　看房中孤灯独照
床琴断夜弦　　喜膝下二子承欢

今宵杵捣蓝桥去　　鸾飞镜里悲孤影
何日笙吹白鹤来　　凤立钗头叹只身

每思田园共笑语　　欲殉难抛黄口子
难禁空房独泪流　　偷生勉事白头翁

悲君永别同林鸟　　　　　　无禄才郎长夜不醒蝴蝶梦
恨我孤行独木桥　　　　　　伤心少妇深宵悲听子规啼

裂肺撕肝小寻老　　　　　　郎果多情楼上冀迎萧史凤
捶胸顿足妻哭郎　　　　　　妻真薄命冢前愿做舍人鸳

碧水青山谁做主　　　　　　亲老家贫负担忍付称孤子
落花遗妇总伤情　　　　　　行修名立谏词悲做未亡人

燕阵残斜孤月冷　　　　　　愁泪为君流甜日熬成哭日度
箫声吹断白云愁　　　　　　寒家交我理两肩变作一肩挑

鲲鹏音断云千里
杜鹃声哀月一轮

挽　妻

宝瑟声韵绝　　　　　　　　此生伉俪春秋少
玉楼镜奁空　　　　　　　　来世姻缘日月长

淑德标青史　　　　　　　　妻寝灵山霜冷冢
芳踪依白云　　　　　　　　梦回绣阁影寒怀

落花春已去　　　　　　　　泪残秋雨遗罗帐
残月夜难圆　　　　　　　　肠断春风陨玉娇

宝琴无声弦柱绝　　　　炊臼梦来哭你三年白发
瑶台有月镜奁空　　　　断机人去愁我五月枫青

春江桃叶莺啼湿　　　　天何无情怎能教我丧良侣
夜雨梅花蝶梦寒　　　　人各有寿不忍听儿唤亲娘

梦游蝴蝶飞双影　　　　亲老儿雏乌哺心情期你助
血滴杜鹃泣孤身　　　　天寒夜永牛衣劝勉有谁怜

惨听秋风悲落叶　　　　恩爱良妻苦雨凄风催你去
愁看夜月照空房　　　　可怜娇女大啼小哭要娘回

绣阁花残悲随鹤唳
妆台月冷梦觉鹃啼

挽　师

一世倾心血　　　　　　当年幸立程门雪
千年传美名　　　　　　此日空怀马帐风

典型如在目　　　　　　圯上罔闻呼小子
师表永存心　　　　　　雪中空望见先生

千卷诗书怀拥座　　　　全校教工伤益友
一帘风雨忆挑灯　　　　满庭桃李哭良师

面命只今无一语　　　大雅云亡风凄紫陌
心丧未可短三年　　　哲人其萎雨泣青郊

眉间爽气无由见　　　大道为公徒存手泽
座右清言不再闻　　　因材施教顿失心传

培育人才曾尽瘁　　　学富德高名归梓里
光辉竹帛永流芳　　　桃悲李哭我失良师

欲见严容何处觅　　　秋水蒹葭溯回往哲
唯思良训弗能闻　　　春风桃李想象斯文

欲见音容云万里　　　教育深恩终身感戴
梦听教诲月三更　　　浩然正气万古长存

最怕教工伤益友　　　唯大学问功高心愈下
只闻桃李哭春风　　　是真澹泊身没志常明

筑室未能如子贡　　　教泽宏施忆昔年同沾化雨
丧心聊已学檀弓　　　音容顿隔痛此日空仰高山

慈惠常留群口颂　　　一世倾丹心南山松柏长苍翠
典型永做众人师　　　九天含笑意故园桃李又芳菲

满地禾苗伤化雨　　　此老竟萧条幸有文章垂宇宙
一门桃李哭春风　　　平生怀志向广栽桃李在人间

桃李正盈门化雨春风齐应候　　桃李悼良师从今不复闻教诲
芙蓉何促驾文章经济怎归空　　教工失益友往后难来见音容

挽　友

海内存知己
云间渺嗣音

回忆田园欢乐会
不堪樽酒故人稀

痛心怀好友
挥泪寄哀思

竹影仍偕身影在
墨花尽带泪花飞

友思今成永别
笑绪已为悲端

诔文作自先生友
遗稿留于后死期

哭友今朝离去
盼君再世重逢

相遇至今犹可想
旧游何处不堪悲

九原有泪流知己
万户同声哭好人

秋草同寻人去远
寒林空见日西斜

未弥前思顿作别
追寻笑绪皆为悲

幽兰空觉香风在
宿草何曾泪雨干

老泪无多哭知己
苍天何遽丧斯人

说地谈天无挚友
弄琴鼓瑟少知音

登堂不见仁兄影
临穴空遗小弟悲

对月哭同怀一生事业三更梦
临风挥热泪万里霜天群雁哀

契合拟金兰情怀旧雨
飘零悲玉树泪洒凄风

十载订金兰情若同胞谊为同类
一朝摧玉树闺中有妇堂上有亲

廿载契何如犹觉兰言在耳
三秋悲永诀哪堪楚些招魂

岂料今朝少故人红尘我哭难逢友
莫愁前路无知己地府谁能不识君

何处可招魂检箧尚遗玄草
为君欲挂剑登堂空忆白云

挽同学

万卷诗书由我读
一时风月与谁谈

岭表玉梅多减色
山阳寒笛不堪闻

文章卓荦生无死
风骨精神逝有灵

感旧有怀同向秀
招魂何处问巫阳

同窗爽气无由见
学友清言不再闻

三载同窗互学互助
一朝永诀思谊思情

幸有高文垂宇宙
未酬壮志在中华

学富雕龙文修天上
才雄倚马星陨人间

共伴春秋此时杳无踪影
亲同手足来日梦中相逢

樽酒言欢犹忆风姿多磊落
人琴顿杳怕看月影忽横斜

我辈读书正希望鹏程万里
他山攻玉忽惊闻鹤唳九皋

我与君结诗书之好寒窗共度
友向你表手足之情悲泪横流

挽同事

痛心伤永逝
挥泪忆深情

断稿残篇余手泽
白杨衰草尽哀音

生前不卑不亢
逝后可泣可歌

正直为人毕生无愧
公平办事浩气长存

千里吊君惟有泪
十年知己不因钱

时事伤心风声鹤唳
哀情惨日月落乌啼

公去大名留史册
我来何处别音容

一缕忠魂萦萦依故土
无量正气浩浩满中华

平生风义兼师友
来世因缘结弟兄

追忆逝人缅前民创业
念怀故友励后代接班

犹似昨天同笑语
恍惚今日共生风

横　批

祖德堪传	福寿双全	（挽祖父）
表读陈情	痛彻含饴	（挽祖母）
谊附含饴	遗训长昭	（挽外祖父）
阿母长号	懿德长存	（挽外祖母）
严颜长逝	痛失严椿	（挽父）
生我育我	懿行常在	（挽母）
东岳云封	泰山其颓	（挽岳父）
爱遗甥馆	悲深半子	（挽岳母）
竹林挥泪	亲承犹鲤	（挽伯父、叔父）
恩及犹子	慈训在耳	（挽伯母、婶母）
内侄哭灵	璞归天地	（挽姑夫）
谊属先姑	茑萝寄哀	（挽姑母）
神伤渭水	痛彻渭阳	（挽舅父）
荻画同遵	懿训难忘	（挽舅母）
芳循钟郝	姻失邢谭	（挽姨父）
恩同甥舅	慈容顿失	（挽姨母）
花萼楼封	雁行失序	（挽兄）
绕膝如母	敢忘懿德	（挽嫂）
今生来世	孤灯独照	（挽夫）
芳踪白云	绣阁花残	（挽妻）
天丧斯文	教泽难忘	（挽师）
旧雨空怀	痛失知音	（挽友）
文修天上	兰摧蕙折	（挽同学）
他山望断	悼念故人	（挽同事）

题赠联

励 志

一言九鼎
只字千钧

文以虎气
志在鹏飞

绳锯木断
水滴石穿

山海留奇迹
风云展壮怀

不坠青云志
勇攀泰岳巅

长具鸿鹄志
永怀松竹心

自觉丹心壮
岂忧白发斑

弃燕雀小志
做鸿鹄高翔

养天地正气
法古今完人

海阔凭鱼跃
天高任鸟飞

瓢饮难夺志
蜗居更添神

兴华须有凌云志
报国应怀赤子心

白眼观天下
丹心报国家

过如新竹芟难尽
志在高山磨不平

愿丹心报国
看赤手擎天

英雄不畏千峰险
志士笑迎万岭霞

慷慨丈夫志
鸿鹄豪杰心

持身勿使白璧玷
立志直与青云齐

少时饱经磨砺
老来不畏风霜

流水高山各有志
绿阴清昼自多闲

放怀于天地外
得气在山水间

望远能知风浪小
凌空始觉海波平

一年之计春为早
千秋大业志当先

眼界高时无碍物
心源开处有清波

立志须如三古盛
为书自起一家言

古训是式威仪是力
功崇惟志业广惟勤

自古风流雄壮志
从来事业让能人

读千卷书心怀天下
走万里路志在四方

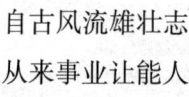

志不求荣满架图书成小隐
身难近俗一庭风月伴孤吟

修　身

人淡如菊
品清似泉

宽宏大量
远瞩高瞻

云水风度
湖海胸怀

效梅傲雪
学竹虚心

不攻人短
莫矜己长

境由心造
事在人为

天高地厚
路转峰回

云山风度
松柏精神

水浊心静
山矮人高

生为人杰
死做鬼雄

白云怡意
清泉洗心

宁为玉碎
不作瓦全

时时百忍
事事三思

精神万古
气节千秋

不随时俯仰
自得古风流

文品清时贵
功名晚节难

至死心如铁
临危气如虹

心平风浪静
志远海天宽

疾风知劲草
烈火见真金

让人非我弱
得志莫离群

习静心方泰
无机性自闲

竹因虚受益
松以静延年

不息身方健
无私心自宽

行修名自立
理得心长安

不矜威尤重
无私品自高

多言即少味
无欲斯有为

升高必自下
谨始慎为终

君子坦荡荡
小人常戚戚

长笑对高柳
贞心比古松

青松怀远志
白雪净杂尘

风雪梅尤艳
冰霜竹未衰

性天期活泼
心地尚光明

经纶涵万物
磊落冠群英

终生争一息
每事学三思

洗涤是非耳
调和道德心

栽培心上地
涵养性中天

格超梅以上
品在竹之间

高怀见物理
和气得天真

高怀同霁月
雅量浴春风

高枕随流水
轻帆任远风

海量由船荡
宽怀任马驰

虚心效竹节
人品如兰馨

涵养需用敬
进学在致知

节比真金铄石
心如秋月春云

行止无愧天地
褒贬自有春秋

世事有常有变
英雄能屈能伸

交以诚接以礼
近者悦远者来

择友须求三益
克己宜守四箴

临事有长有短
与人不激不随

俯仰不愧天地
褒贬自有春秋

静坐当思己过
闲谈莫论人非

书有未曾经我读
事无不可对人言

人心若路直行好
世事如棋宽着高

世事每从宽处乐
人伦常在忍中全

人品若仙极崇峻
情怀与水共清幽

世事洞明皆学问
人情练达即文章

习勤不止能祛欲
闻过则喜自得师

处世何妨真面目
待人总有热心肠

无事在怀为极乐
有长可取不虚生

传家有道唯存厚
处世无奇但率真

无情未必真豪杰
有度方为大丈夫

任事者必以实学
谨言人每有奇文

气清愈觉山川近
心远尤知宇宙宽

充海阔天高之量
养先忧后乐之心

心收静里寻真乐
眼放长空得大观

守愚不觉世途险
无事方知春日长

水惟善下方成海
山不争高自极天

怀若竹虚临曲水
气同兰静在春风

旷心将江河齐远
宏量与宇宙同观

忍一言风平浪静
退半步海阔天空

身闲只觉溪山好
心静尤知日月长

言以思平归深厚
气因养善得和平

松间明月常如此
身外浮云何足论

事能知足心常惬
人到无求品自高

贤者所怀虚如谷
圣人之气静于兰

知多世事胸襟阔
阅尽人情眼界宽

金温玉粹瞻人品
秋月春花见素心

持其志勿露其气
敏于事而慎于言

修身岂为名传世
做事唯思利及人

度是春风常长物
心如秋水不染尘

阅透人情知纸厚
踏穿世路觉山平

胸有宏图乾坤大
心无私念天地宽

胸阔千秋如粟粒
心轻万事似鸿毛

海宇宽怀怀海宇
云山大度度云山

虚竹幽兰生静气
和风朗月喻天怀

效梅傲雪休傲友
学竹虚心莫虚情

欲知世味须尝胆
不识人情且卧薪

品若梅花香在骨
人如秋水玉为神

喻义身无非理事
爱名常葆不贪心

虚心竹有低头叶
傲骨梅无仰面花

一生肝胆向人尽
万里河山为国留

横眉冷对千夫指
俯首甘为孺子牛

元龙义气高百斗
司马文章壮千秋

力求无功方能无过
必先去旧而后立新

文章似玉清无玷
气节如松直有心

甘守清贫力行克己
厌观流俗奋勉修身

正斜自古同冰炭
毁誉于今见伪真

立德立言居之以敬
友直友谅尊其所闻

古人所重在大节
君子于学无常师

礼以闲心乐可昭德
智能用事仁足爱人

头颅早悔平生贱
肝胆宁忘一寸丹

竹柏旷怀心神共远
智仁雅乐山水同深

百年人物有公论
四海虚名只汗颜

取静于山寄情于水
虚怀若竹清气若兰

俭可助廉勤可补拙
恭以持己恕以待人

廉不言贫勤不言苦
尊其所闻行其所知

度比江河细流兼纳
气如春夏群物发生

静气得兰清风引竹
朗怀映日和气当春

高情若云朗抱如月
和气当春清节为秋

静以养性俭以树德
入则笃行出则友贤

海纳百川有容乃大
壁立千仞无欲则刚

无多事无废事庶几无事
不徇情不矫情乃能得情

莲出绿波有君子德
兰生幽谷为众人香

浮躁一分到处便招忧悔
因循二字从来误尽英雄

清以自修诚以自勉
敬而不怠满而不盈

飞絮落花莫愁春老色褪
苍松翠竹当效节亮风高

清品犹兰虚怀若竹
澄襟似水朗抱如冰

治　学

寸阴尺璧
一字千金

广撷众彩
博览群书

开卷有益　　　　学疏于怠
温故知新　　　　业精于勤

长河有岸　　　　诗书继世
学海无涯　　　　忠厚传家

为善最乐　　　　砚磨雾起
读书便佳　　　　笺染云生

功深百炼　　　　博通上下
才具千钧　　　　雅集古今

行千里路　　　　解经以礼
破万卷书　　　　校字如仇

苦读有志　　　　囊中脱颖
好学无时　　　　梦里生花

明灯做伴　　　　寸阴良可惜
书卷为衾　　　　壮图宜自强

学无止境　　　　云山起翰墨
教有所长　　　　星斗焕文章

学知不足　　　　心中罗锦绣
事留有余　　　　口内吐珠玑

以文常会友
唯德自成邻

书山生异彩
墨海溢芬芳

书内乾坤大
笔头天地宽

世事催开卷
人情逼杜门

白日莫闲过
青春不再来

立品同白玉
读书到青云

立德齐今古
藏书教子孙

江山留胜迹
翰墨写雄文

志士惜时短
愁人嫌夜长

把酒时看剑
焚香夜读书

言语莫欺世
文章不盗名

雨过琴书润
风来翰墨香

苦读千年史
笑吟万卷诗

金银不为贵
知识价更高

饱览古今事
博通上下情

修业勤为贵
行文意必高

剑锋出磨砺
梅馥发苦寒

闻鸡晨舞剑
借萤夜读书

胸中藏宇宙　　　循序而渐进
笔下走风雷　　　熟读更精思

笔力千军阵　　　撷百家所得
词源万马兵　　　登天下之巅

读书一万卷　　　翰墨书明世
下笔数千行　　　丹青绘壮图

读书须提要　　　辨古今议论
处事在通情　　　取天地聪明

读书破万卷　　　长行何惧千里
落笔超群英　　　恒学最喜五车

雪夜书千卷　　　未能一日寡过
花时酒一壶　　　恨不十年读书

欲知千古事　　　有志宜师逸少
须读五车书　　　多才肯效班超

著书惊日短　　　求学当以致用
舞剑伴星稀　　　读书先在虚心

博学生才子　　　闲居足以养老
盛世造英雄　　　至乐莫如读书

放开眼孔展卷
挺起脊梁做人

春光不负志士
才学常偕勤人

养心莫如寡欲
温故乃能知新

几番琢磨方成器
十载耕耘自见功

才如天马行空惯
笔似燕尾点水轻

才如湖海文始壮
腹有诗书气自华

与有肝胆人共事
从无字句处读书

门前莫约频来客
座上同观未见书

无尽波涛归学海
长春花木在词林

无情岁月增中减
有味诗书苦后甜

不信酒是消忧物
只知诗乃提神丹

日月两轮天地眼
诗书百代圣贤心

少壮不经勤学苦
老来方悔读书迟

风月一庭为良友
诗书半榻是严师

文章自可解荣辱
富贵从来有盛衰

书山有路勤为径
学海无涯苦作舟

书从疑处翻成悟
文到穷时始有神

书因鸟迹方成篆
文是龙心不待雕

书到用时方恨少
事非经过不知难

白发无情侵老境
青灯有味似儿时

白菊开时堪作画
黄鹂啭后效吟诗

鸟欲高飞先振翅
人求上进早读书

立节可为千载道
成文自足一家言

立志不随流俗转
留心学到古人难

立品早防冯妇虎
读书不好叶公龙

立品宜思真君子
读书须下苦功夫

老去诗篇满雅兴
秋来花鸟莫深愁

创业艰难须勤俭
求知深广必谦虚

名画要如诗句读
古琴兼作水声听

灯火夜深书有味
墨花晨绽字生光

论古不外才识学
博物能通天地人

观书到老眼如月
得句惊人胸有珠

尽日相亲惟有石
常年可乐莫如书

好书不厌百回读
佳客来时一座倾

远求海内单行本
快读人间未见书

求贤急似渴思饮
治学犹如蝶恋花

纸上得来终觉浅
心中悟后始知深

青春有志须勤学
白发无情早著书

板凳要坐十年冷
文章不写一句空

事要研求皆学问
言堪持赠即文章

刻意为文应善变
平情应物不须雕

学海无涯勤是岸
云程有路志为梯

挥笔应书民意愿
凝神当想国前程

挥毫常苦夏时短
展卷不愁冬夜长

恒心搭起通天路
勇气推开智慧门

炼成锋锷真关学
历尽艰难始算才

胸藏万卷凭吞吐
笔有千钧任翕张

高才非世所束缚
深意与人有始终

读书才恨知识浅
观海方知天地宽

读书当观其气象
交友求益于身心

读书众壑归沧海
下笔微云起泰山

读书身健即为福
种树花开亦是缘

读书要见古人意
做事正须少壮时

堂前案牍从容理
笔底风花顷刻生

脚下行程千里远
腹中书卷五车多

书山高勤奋定有通天路
学海阔顽强能启探宝门

黑发不知勤学早
白首方悔读书迟

积玉积金不若积书教子
宽田宽地莫如宽量待人

天之生民有物有则
学无常师乃一乃精

学如逆水行舟不进则退
心似平原走马易放难收

闭户自精开卷有益
垂露在手清风入怀

读万卷书还须行万里路
享百年寿何如做百人师

登高而尽四野所有
著书以成一家之言

何物动人二月杏花八月桂
有谁催我三更灯火五更鸡

于境知足于学知不足
其气有为其品有无为

苟有恒何必三更眠五更起
最无益莫过一日曝十日寒

思考乃攀登书山之路
毅力为游渡学海之舟

莫谓孤寒多是读书真种子
欲求学问须从伏案下功夫

喜有两眼明多交益友
恨无十年暇尽读奇书

读古人书须设身处地一想
论天下事要度理揆情三思

艺圃文场原贵上而愈上
青灯黄卷当思精益求精

大本领人当日不见有奇异处
真学问者终生无所谓满足时

持　家

和谦为贵
勤俭是珍

忠厚传家久
诗书济世长

诗书继世
忠厚传家

居乡恕乡乃睦
治家严家斯和

勤俭多福
和睦久昌

勤俭持家要法
谦和处世良谋

一生勤为本
万代诚做基

人世间功劳最贵
家庭内节俭为先

三思终有益
百忍永无忧

天泰地泰三阳泰
家和人和万事和

心安茅屋稳
性定菜根香

夫妻协力山成玉
婆媳同心土变金

邻睦风多暖
家和人自康

不求金玉重重贵
但愿儿孙个个贤

心地光明千丈霁
家庭和睦四时春

洞天福地斯为美
仁里德邻无所争

成家勿谓当家易
养子应知教子难

家庭幸福真美满
琴瑟和谐乐自由

传家万事皆宜俭
教子千方不外勤

教子教孙须教义
积善积德胜积钱

创业维艰崇节俭
守成不易戒奢华

勤俭承先人遗范
耕读立后辈良图

启迪儿孙做好事
聚会亲友话丰年

境美心美千村美
家和邻和万事和

忍而和齐家善策
勤与俭创业良图

子孝孙贤至乐无极
时和岁有百谷乃登

择居仁里和为贵
善与人同德有邻

子孝孙贤福寿双至
父慈母爱富乐俱来

学以精神通广大
家从勤俭是平安

生子养子重在教子
种花浇花莫忘莳花

春光高照文明院
富水长流勤俭家

齐家欢其长幼有序
好学通于古今之文

忠厚培心和平养性
诗书启后勤俭持家

和睦亲邻喜盈小院
勤俭事业福满中庭

康乐和亲皆大欢喜
富贵寿考长宜子孙

敬老爱幼民族传统
恤残扶弱社会新风

聚宝盆出自勤劳者
摇钱树归于节俭家

节俭勤劳乃治家上策
谦恭礼貌为处世良规

严于教子立百年大计
乐以助人树一代新风

一饭一粥当思来之不易
半丝半缕恒念物力维艰

克己最严须从难处去克
为善以久勿以小而不为

创业维艰父祖备尝辛苦
守成不易子孙当戒奢华

重富欺贫安可托妻寄子
敬老爱幼必然裕后光前

赡养老人应尽儿孙天职
关怀妇幼大兴社会新风

心和气平可卜孙荣兼子贵
才偏性执不遭大祸必奇穷

孝莫辞老转眼便成人父母
善勿望报回头但看尔子孙

继祖宗一脉真传克勤克俭
教子孙两行正路唯读唯耕

自　策

义为人表
礼是根基

罔谈彼短
莫恃己长

乐在于志
业精于勤

三思方举步
百折不回头

若无远虑
必有近忧

无德偏哗众
有才不轻人

英雄无种
良玉需雕

长笑对高柳
贞心比古松

事理通达
心气和平

为公德乃大
无私心自宽

知足常乐
无欺自安

心宽忘地窄
野旷觉天低

贫不学吝
默无过言

忧乐关天下
安危系一身

所欲不求嗜
得欢常有余

每思于物有济
常愧为人所容

威不屈所志
富难淫其心

言必信行必果
色思温貌思恭

绝苟且之友
怀检点之心

戒骄风清月朗
除躁海阔天空

高怀同霁月
雅量洽春风

造物所忌者巧
与人相见以诚

栽培心上地
涵养性中天

慎言语节饮食
蓄道德能文章

乾坤容我静
名利任人忙

一心似水唯平好
万事如棋少着高

救人如救己
疾恶似疾仇

人遇怨心休饮恨
事逢得意莫轻狂

德从宽处积
福向俭中求

无事且从闲处乐
有书时向静中观

立定脚跟做事
放开眼孔看人

无事在怀为极乐
有长可取不虚生

无情未必真豪杰 待人宽三分是福
有度方为大丈夫 处世让一步为高

反观自己难全是 闻过知非须改过
细论人家未尽非 见贤思齐贵超贤

水能淡性为吾友 退一步天高地阔
竹解虚心是我师 让三分柳暗花明

为人当于世有益 素甘淡泊心常乐
凡事求其心所安 曾履忧危体愈坚

知多世事胸襟阔 读有益书精力爽
阅尽人情眼界宽 行无愧事梦魂安

学浅自知能事少 欲除烦恼须无我
礼疏常觉慢人多 想求康乐莫贪心

宝剑锋从磨砺出 欲高门第须为善
梅花香自苦寒来 要好儿孙必读书

持其志勿露其气 敬君子方显有德
敏于事而慎于言 怕小人不算无能

修身岂为名传世 遇事虚怀观一是
做事惟思利及人 待人和气听群言

静坐常思自己过
闲谈莫论他人非

鹦鹉前头休多语
小人身边须慎行

与其轻人不如重我
但求无过非必有功

甘守清贫力行克己
厌观流俗奋勉修身

行不得则反求诸己
躬自厚而薄责于人

行所当行不为已甚
慎之又慎未敢即安

金玉其心芝兰其实
仁义为友道德为师

罔谈彼短我亦有短
勿恃己长人孰无长

俭可助廉勤可补拙
恭以持己恕以待人

读书要能自出见解
处世无过善体人情

静以修身俭以养德
勤则不匮敏则有功

天下断无易处之境遇
人间哪有空闲之光阴

为伦类中所当行之事
做天地间不可少之人

心术不可得罪于天地
言行要留好样与儿孙

做两桩利国利民之事
交几位有情有义之人

欺人如欺天勿自欺也
负民即负国何忍负之

话虽未到口边三思更好
事纵放得心下再慎何妨

莫对失意人而谈得意事
从来有名士不取无名钱

世事如棋让一着不为亏我
心田似海纳百川方见容人

共　勉

芝兰气味　　　　　　　守身为大节
湖海胸怀　　　　　　　寡欲是全功

多勤寡欲　　　　　　　各勉日新志
益寿延年　　　　　　　共证岁寒心

亲师取友　　　　　　　结有德之友
敬业乐群　　　　　　　绝无义之朋

酒当少饮　　　　　　　射虎期穿石
口莫多开　　　　　　　闻鸡愿着鞭

甜以思苦　　　　　　　职业无高下
乐不忘忧　　　　　　　品流有尊卑

无过方自慰　　　　　　路遥知马力
有理始心安　　　　　　日久见人心

成才勤是本　　　　　　勿饮过量之酒
创业志当先　　　　　　莫贪不义之财

良药苦口益病
忠言逆耳利行

有理何妨胆大
无私尽管心雄

智者乐仁者寿
居之安资之深

柳絮体媚无骨
梅花影瘦有神

燕雀怀思志气
梅兰珍重年华

十年美誉凭苦干
万里鹏程在读书

人间岁月闲难得
天下知交老更亲

人情常须分好歹
世事更应辨忠奸

入世须才更须节
传家积德还积书

山高自有行人路
水险不乏破浪舟

天若有情天亦老
人能无欲人常明

无求便是安心法
不饱真为却病方

无瑕人品清于玉
不俗文章淡似仙

不悲镜里容颜瘦
且喜心头疆域宽

世上岂无千里马
人中难得九方皋

世间唯有读书好
天下无如吃饭难

世间清品至兰极
贤者虚怀与竹同

古人所重在大节
君子于学无常师

四时清淡精神爽
万事从容日月长

失败本是成功母
勤劳方为幸福根

平日所思长在抱
清风自来本无私

乍雨乍晴花易老
耐霜耐雪柏长青

用心不古非杰事
立志能迁乃大才

乐在黎民欢乐后
忧于邦国患忧前

鸟随鸾凤飞腾远
人伴贤良品格高

百年诗礼延余庆
万里风云入壮怀

有无不争家之乐
上下相亲国乃康

同心不隔一片月
时论唯高五尺天

此地有崇山峻岭
何处无明月清风

交情深重金相似
诗韵铿锵玉不如

守正行权真事业
平矜节欲大功夫

创业维艰崇节俭
守成不易戒奢华

青春有限志无限
岁月无情人有情

诗文不为时尚变
艰夷乃显阅历增

泽以长流乃及远
山因直上而不高

齿牙吐慧艳于雪
肝胆照人清若秋

学问多自虚心得
风物长宜放眼量

事到盛时须警省
境当逆处要从容

经多实践思方壮
看破浮名意自平

看似平常却奇崛
成如容易最艰辛

须使青春闲有度
莫教白首悔无为

思其艰以图其易
言有物而行有恒

莫猎青蚨迷正路
应追鸿鹄贯长空

莫待明年花更好
当惜今朝春尚浓

润到圭璋成品格
坚于松柏见精神

涤烦除俗寻真乐
临水登山得自清

凌霄羽毛原无力
坠地金石自有声

爱竹不除当路笋
惜花留得碍人枝

读能明达耕能富
成自谦虚败自骄

路从绝处开生面
人到后来看下台

窗含竹色浓如许
人比梅花清几分

碧海千顷凭鱼跃
蓝天万里任鸟飞

凛冽风霜知劲草
艰难岁月识英雄

文气相辅济世学问
洁清自守造福人民

心神欲平骨气欲动
脚跟宜定胸怀宜开

谄语尤甘忠言最苦
下坡极易攀登甚难

节错根盘方知利器
春华秋实不负人勤

温然而恭慨然而义
忠以自勉勤以自修

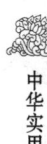

曲遇知音棋逢对手
树怕剥皮人怕伤心

种十里名花何如种德
修万间广厦不若修身

行而不舍若骥千里
纳无所穷如海百川

待足几时足知足自足
求闲何日闲偷闲便闲

好大喜功终为怨府
贪多务得哪有闲时

德为至宝一生用不尽
心做良田百世耕有余

观五岳而知众山小
凡百川咸于大海归

不体物情一生俱成梦境
好言人事举足尽是危机

观海得深瞻天见大
升级有阶入室知门

象有齿则焚蚌有珠则剖
梅以寒而茂荷以暑而清

事不始终勿务多业
任有大小唯其所能

丹心一颗千金哪比人格贵
清风两袖万贯不移品行贞

酒能成事酒能败事
水可载舟水可覆舟

同是肚皮饱者不知饥者苦
一般面目得时休笑失时人

忙里有余闲登山临水觞咏
身外无长物布衣蔬食琴书

好人多自洁中来莫贪便宜
凡事皆缘忙里错且更从容

知事晓事不多事自然无事
忍人让人不欺人方可为人

惜食惜衣非为惜财兼惜福
求名求利但须求己莫求人

附 录

对联概论

作为一种独立的文学艺术样式,对联在中国的普及程度,对联与中国老百姓的关系之密切,超出其他任何一种文艺形式。广大老百姓可以不阅读小说,不朗诵诗歌,不听戏剧,不看电影……唯独不能没有对联。当代作家秦牧说:"在中国,对联可以说是雅俗共赏、家喻户晓的一种语言艺术。即使是识字不多的人,也知道对联是怎么一回事,并且多少能领略这项艺术的美妙情趣。"对联已经深入到了我们日常生活的方方面面。

一、对联简史

1. 起源

从本质上看,对联的起源应该追溯到中国古代尤其是先秦的哲学思想。

对联的修辞学基础是对偶。北京大学白化文教授在《学习写对联》一书中明确提出:"对联是汉民族文化艺术的独特产物。"他认为：第一，从汉民族文化传统来看，观察自然与社会，可以看到，对偶是一种普遍存在的现象。第二，从汉语与汉字的角度看，对联一开始就给对偶准备了最好的独一无二的载体条件。第三，从中国汉族汉字文化的文学和文章体裁与写法等方面来看，语言文字中的对偶现象早就自发地在使用了。

清代纪晓岚考证，楹联始于蜀孟昶"新年纳余庆，嘉节号长春"十字。谭嗣同认为对联"始于蜀孟昶"的春联一说，把对联的产生时间定得太晚。关于对联的起源有多种说法。我们所能基本肯定的是：对联产生于唐代，最迟也在唐代的中期或晚期。

可以想见，至五代时候，对联应该是已经相当普及了，尤其是春联。据《风俗通》《山海经》等书的记载，从远古时候起，人们便有在门旁挂桃木板（桃符）用来驱鬼除邪的习俗。开始时，在桃符上面画两个神像（早期是神荼、郁垒，唐代画尉迟恭、秦叔宝）；后来，大概是为了寻求简化，只在上面写神名；再后来，人们开始在桃符上写一些吉祥文字。正如常江先生所说："以字代画，是意义重大的事情，然而二者还没有本质上的区别。由'书二神字'到写吉祥文字，则是一场大变革。"

2. 发展

宋代时，相继出现了一批对联大家，如北宋的苏轼、宋庠、杨大年、王安石，南宋的朱熹，等等，并有不少对联作品传世。正如梁章钜所说："则大贤无不措意于此矣。"（《楹联丛话·自序》）如《朱子全集》卷后所附载的联语，笔记、野史等所载的故事，可见"南宋时楹帖盛行"（《楹联丛话》卷一）。并且先后有了赠联、挽联、寿联、嘲讽联、巧趣联等新种类。

金代、元代是少数民族入主中原的朝代。但为了加强对中原的统治，金、元两代的统治者也非常注意学习汉文化，并极为重视中原士人中的优秀分子的积极作用,并能发挥他们的才干。

3. 兴盛

明代、清代是现在楹联界公认的对联史上的第一个高潮,特别是清代,为古代楹联的最繁盛时期。其标志是:第一,出现了一大批卓有成就的对联大家。如解缙、唐寅(伯虎)、祝枝山(允明)、徐渭(文长)、杨慎、李开先、顾宪成、顾亭林、董其昌、李渔(笠翁)、纪昀(晓岚)、阮元、郑燮(板桥)、袁枚、孙髯、赵藩、俞樾(曲园)、梁章钜、林则徐、魏源、左宗棠、张之洞、钟云舫、章炳麟(太炎)、康有为、梁启超,等等。第二,创作了一大批足以流传后世的对联作品。如顾宪成无锡东林书院联、孙髯昆明大观楼长联、赵藩成都武侯祠联,等等。第三,作为一种独立的文学艺术样式,其普及程度可谓超过了以往任何时候。从东南海上的台湾、琉球,到大西北的天山深处、西南的青藏高原;从皇帝公卿、高官士子、文人骚客,到贩夫走卒、农夫樵子、牧童丫头;从皇宫殿宇,到山间寺庙……举凡宫殿、园林、庙宇、宫观、书院、店铺、茶馆、民宅……无不遍布对联。第四,出版了一批对联专著。其中当以李渔的《笠翁对韵》和梁章钜、梁恭辰父子的《楹联丛话》《楹联续话》《楹联三话》《楹联四话》《巧对录》《巧对续录》为代表。第五,对联种类空前丰富。如春联、挽联、寿联、婚联、赠联、贺联、行业联、名胜联、格言联、谐讽联、巧趣联、姓氏联、生子(生女)联、建房迁居联……渗透到了社会生活的方方面面,并且它已不仅仅是官员、文人的书面作品,而且成了各阶层人们日常文化生活的必需品。

明、清对联之繁盛大抵有三个方面的原因:

第一,从文学史的角度,从文学发展、演进的过程看。"古国文明得以绵延的根本之点还在于母语的优美和深沉。先秦诸子、楚辞汉赋、魏晋文章、唐诗、宋词、元散曲、明代的戏曲和小说,到了清代,总结和凝练这种种文体之美的便是楹联。它的长短不拘,却能以对仗和音律的和谐为中心,融合其他种种修辞之美而有新创造,将母语的诗性发挥到极致。"(赵雨《清代文学：衰世的灿烂回光——〈中国文学史话〉·代序》)

第二,对联的延续、发展直至清代的繁荣,与当权者的爱好、提倡并积极参与关系密切。五代后蜀的末代皇帝孟昶就比较典型,据《宋史·蜀世家》记载："每岁除,(孟昶)命学士为词,题桃符置寝门左右。……学士幸寅逊撰词,昶以其非工,自命笔题云：'新年纳余庆,嘉节号长春。'"从此以后,对联受到历代皇帝的垂青。

从汉族皇帝,到少数民族皇帝,都留下不少联坛佳话。北宋徽宗赵佶,做皇帝荒淫腐朽,却又是颇负盛名的书画家,且善诗词、属对。此后,女真族的金章宗,蒙古族的元世祖、元顺帝,都留下了雅好对联的记载。

对对联的发展、普及起着非常重要推动作用的皇帝,当非明太祖朱元璋莫属。他曾下令都城中家家户户都要贴春联,这恐怕在历代圣旨中是绝无仅有的。据《簪云楼杂说》载："时太祖都金陵,于除夕忽传旨：'公卿士庶家,门上须加春联一副。'太祖亲微行出观,以为笑乐。偶见一家独无之,询之,为阉豕苗者,尚未倩人耳。太祖为大书曰：'双手劈开生死路,一刀割断是非根。'投笔竟去。嗣太祖复出,不见悬挂,因问故,答云：'知是御书,高悬中堂,燃香祝圣,为献岁之瑞。'太祖大喜,赉银三十两,俾迁业焉。"这个故事,在对联史上可谓非同小可。无怪乎朱元璋后来得一"对联天子"的雅称。也许是受到父、祖的影响吧,明代的成祖、英宗、武宗、世宗等,都或多或少地留下了一些对联故事。

清代是古代对联的最繁盛时期。当时的几个在历史上极有作为的皇帝,几乎人人都对汉族传统文化有着精深的研究,其中,当然就喜欢对联。康熙、雍正、乾隆三位皇帝,都有大量的与对联有关的事迹。据《楹联丛话》卷二载:"自康熙、乾隆年间,两次编辑《万寿盛典》,皆有《图绘》一门,楹联附焉。而殿廷诸联,尤足以铺鸿藻,申景铄,润色洪业,鼓吹承平。自有楹联以来,未有如此之盛者矣。""康熙五十二年,恭值仁庙六旬万寿。自大内出西直门达西苑,一路皆有牌楼坛宇,每座落必有楹联,肃阔宏深,闻皆出当时名公硕彦之手。"康熙年间,还御定有《分类字锦》六十四卷,其中采掇对句颇多,分巧对、借对、数目、干支、卦名、彩色等门类。在政治、军事上好大喜功的乾隆皇帝,于对联简直痴迷到了无以复加的程度,又喜欢以对联赏赐臣下,还常常在所到之处题写名胜楹联。"上有好者,下必有甚焉者矣。"(《孟子·滕文公上》)这是否正如佛教史上南朝梁武帝、唐代武则天极力推崇佛学,而使佛教兴盛的道理一样?

第三,"对课"为对联的普及和繁盛提供了广泛而扎实的基础。在旧时的私塾教学中,"对课"是一种常见的功课,而且是必修课。并且有《幼学故事琼林》《声律发蒙》《声律启蒙》《训蒙骈句》等"对课"启蒙教材。这一种功课,不但是作文的开始,也是作诗的基础。

鲁迅先生在《从百草园到三味书屋》中,就曾记载了他当年读私塾时对对子的事:"我就只读书,正午习字,晚上对课。先生最初这几天,对我很严厉,后来却好起来了,不过给我读的书渐渐加多,对课也渐渐地加上去,从三言到五言,终于到七言。"

其实,对课(属对)是一种有一定科学性、综合性的语言诵读基础训练,是"通过实践,灵活地把语法、修辞、逻辑几种训练综合在一起,并且跟作文密切结合在一起"(蔡元培语)的重要基础训练。语言学家张志公先生分析得好:"属对练习是把词类、词组、声调、逻辑几种因素综合在一起的一种训练。"对课教学对于对联的推动作用,不可忽视。

辛亥革命后的民国年间,虽然战乱频仍,社会动荡,并且由于儿童的初级教育课程设置、教学方法都有了根本性的改革("对课"已成为古代之余绪),加之新文化运动对所谓"旧文化"的冲击,但对联活动的开展范围、对联著作的出版数量等,较之前代,都有过之而无不及。报刊上公开的征联及评选、文人的雅集,几乎常年不断。重要人物逝世后,都会出现铺天盖地的挽联,且每每有挽联集子印行,如《蔡锷黄兴追悼录》《孙中山先生哀思录》等。老一辈无产阶级革命家在战争年代几乎都写过对联,他们常常把这种传统的文学艺术形式用于宣传鼓动、题赠贺寿、凭吊哀挽。据常江先生《古今对联书目》(1999年9月内部印行):有清一代260余年间出版的对联著作共301种,而民国间38年就出版有479种。所以,说民国时期是对联史上的第二个高潮,是比较客观的,并不为过。

4. 复兴

新中国成立后的很长一段时间内,对联仅仅是作为宣传的一种工具,如抗美援朝、三反五反、"大跃进"、"四清"等运动中的对联,直至"文化大革命"中的对联,可以说几乎全是标语口号,内容单调,也根本谈不上什么艺术性。大大小小的对联活动,则近乎一片空白。对联书籍的出版,更是少得可怜。

中共十一届三中全会以来的30多年,是对联史上的第三个高潮。其标志是:

第一,对联组织的建立。1984年11月中国楹联学会成立;2004年11月在北京人民大会堂举行了庆祝中国楹联学会成立20周年活动;截至2009年中国楹联学会有会员6600多人,团体会员150多个,全国已有27个省、自治区、直辖市成立了楹联组织,全国各级楹联组织注册会员达数十万。

第二，对联走进重要社会活动。对联在2005年成功亮相于央视春晚，在海内外引起了强烈反响。"楹联习俗"于2006年5月被国务院列入第一批国家级非物质文化遗产名录（第510项，编号：X－62）。中国楹联学会2007年发起"百城迎圣火"海内外大征联，为北京奥运会鼓劲、加油。

第三，对联报刊和对联书籍的大量出版。1985年《对联·民间对联故事》问世。《中国楹联报》《中华楹联报》相继创刊。截至目前，从中国楹联学会到地方楹联组织出版的专业报刊已有约200种。各种对联书籍得以大量出版，2001年全国第一个省卷本《中国对联集成·河南卷》出版，2009年《百家联稿》出版。

第四，随着互联网的发展，出现了许多专业的对联网站、QQ群、博客等新的对联载体，有力地促进了对联界的交流和对联事业的复兴。如中华国粹网、中国楹联论坛、河南楹联网、散漫斋对联QQ群等。

第五，常年不断的各类征联活动的开展。

第六，对联教学基地、中国楹联之乡、中国楹联文化城的设立，楹联文化节的举办。

以上几个方面，从历史上说，都是开创性的、空前的、创纪录的。所以，我们说现在是对联史上的第三个高潮，应该是当之无愧的。

二、对联的种类

对联涉及我们日常生活的方方面面，发展到今天的对联，种类繁多。

根据对联字数的多少可以分为短联、长联，根据对联所表现的内容可以分为写景联、咏史联、抒情联、谐趣联等,但通常还是根据对联的内容和用途来划分为节日联、行业联、婚联、寿联、贺联、挽联、题赠联、名胜联、巧趣联等更合适一些。这样分类,既可以尽量少地交叉,又不至于过细。其中,题赠联多属格言联,因为格言联非常适宜用来赠人或自题;节日联可包含春联,虽然春联是对联中的一大分支;行业联中自然可以有行业春联。至于"集字""集句"等,应该属于创作方法的范畴。

除巧趣联大多属文人游戏之作以外,大多数对联都非常适于传情达意,甚至有特殊的交际作用和实用价值。

节日联包括传统节日和现代节日所用的对联,如春节、元宵节、寒食节、清明节、端午节、七夕节、中秋节、重阳节、三八妇女节、植树节、五一劳动节、五四青年节、六一儿童节、八一建军节、教师节、国庆节等;现在的年轻人又从西方学来不少节日。这些节日,无非是两大主题:一是喜庆,一是纪念,都很适合用对联来表达人们的心情,渲染节日的气氛。

行业联也是对联家族中的一大分支。大约从宋代开始,商业店铺就有了适合各自行业特点的对联。南宋诗人陆游的《老学庵笔记》就载有临安大街上的"扁(匾)榜对";到清末、民国年间,《三百六十行新对联》之类的对联集子已是非常多了,并且已涉及人们社会生活的方方面面。如民国16年(1927年)上海广益书局出版的江忍庵所编的《(分类)楹联宝库》,其中的"商业类"就收有除商业通用对联以外的五行八作共三百六十五行的专用对联。

行业对联一般是紧切本行业的特点,或述其历史渊源,或介绍商品特性,或说明服务宗旨;表达手法上,或以比喻见长,或用夸张手段,或嵌入店铺字号。一句话,不外乎借机宣传;更为高超者,则利用行业对联阐明哲理,发人深省。

婚联、寿联、贺联是在喜庆的日子里用以表达愉悦、欢快的心情和美好祝福的一种绝好手段，身边的同学、同事、同乡或好友及其亲属等人有了喜事，如考学、毕业、升迁、迁居、生男育女，或公司、店铺的开业等，都可以用贺联来表达祝贺之忱。

挽联可以总结逝者一生的行状，概括其突出的业绩，寄托生者的哀思，联络亲友间的感情。

题赠联的内容多属励志、修身、治学、持家及待人接物等方面，有的对联还能表达主人的志趣，既可用以自勉，也可用以共勉。师生之间、朋友之间、父子兄弟以及夫妻之间，都可以联相赠，或表达亲情，或寄予厚望，或增进友谊，或互相勉励。

宗教联，尤其是佛教、基督教、伊斯兰教对联，是中西文化融合嫁接的奇特现象。

名胜联也是我们经常见到的内容丰富、艺术风格和表现手法多样、很值得欣赏的一种对联。好的名胜楹联，可以不胫而走，流传天下，景以联而出名。

三、对联的基本格律

从文学分类的角度说，如诗、词、曲一样，对联属于韵文。传统的文学分类就是韵文、散文两大类。所谓"格律"，就是指韵文（相对于散文而言）诗、赋、词、曲、对联等）关于字数、句数、平仄、对仗、押韵等方面的格式和规则。

对联作为一种独立的文学艺术样式，有它异乎寻常的特点，写作与鉴赏对联就要遵循对联的格律；不讲格律，就不成其为对联了。

在介绍对联的基本格律以前，应该先了解它的几个常用术语。

对联分上联、下联,有些对联还有横额。上联,指面对对联,右边的一句(有人又称"出句""出幅""出边""出联""出语");

下联,指面对对联,左边的一句(有人又称"对句""对幅""对边""次联""对语");

言,指上联或下联的字数,如五言联、七言联等;

字,指全联的字数,如昆明大观楼长联,共180字。

那么,对联的格律又是什么呢? 一般说来,它有以下几个方面的要求:

1. 字数相等

对联的基本特点是对仗。"对仗"是什么意思呢? 古时候,皇帝坐朝听政,必设仪仗。这仪仗就是用于仪卫的武器等,手执仪仗的队伍即仪仗队。而这些仪仗都是左右排列,两两相对的。百官当廷奏事,应无所隐秘,故称"对仗"(即面对仪仗奏事)。后用来指诗词、文章、对联的词句相对偶。所以,作为一种独特的文学艺术样式的对联,其上下联的字数必须相等。否则,有长有短,就根本"对"不起来了。

对联上下联字数相等的排列,有着整齐、稳重、和谐之美,符合我们汉民族的审美习惯,因为对称是艺术美的规律之一。海南李求真先生甚至强调说:"对称性是对联的核心、对联的灵魂、对联的生命。"

2. 词性相同

词性相同,也就是字面相对,这是对仗最起码的要求。语言学家王力先生在《龙虫并雕斋文集·语言与文学》中说:"对仗,就是名词对名词,动词对动词,形容词对形容词,数量词对数量词,虚词对虚词。"

古代汉语中的单音节词占绝大多数,一个字就是一个语音、意义单位,所以,"字"就兼具现代汉语中"字"和"词"两重意义。古汉语的字共分为四大类,又分为主、次两类。主类包括实字(实词)和虚字(虚词),次类包括半实字和助字,其中虚字又含三小类,即"生字"(又称"活字")、"死字"(又称"呆字")、半虚字。为它们下的定义是:"无形可见者为虚,有迹可指者为实,体本乎静为死,用发乎动为生,似有似无者半虚半实。"

其中常用的实词(实字)又分为许多小门类。如名词,一般分为:(1)天文;(2)时令;(3)地理;(4)宫室;(5)器物;(6)衣饰;(7)饮食;(8)文具;(9)文学;(10)草木;(11)动物;(12)形体;(13)人事;(14)人伦;(15)武备;(16)技艺;(17)珍宝;(18)音乐;(19)数目;(20)颜色。

其他还有方位、干支、政治、礼仪、职官等门类;还有再细分的,如动物分为鸟兽、虫鱼,人物分为帝后、文武百官等。

如此分类,其目的在于要求人们在对对子的时候,要本门类的词语相对。从三国时的曹丕到清末的学者,都提出过"天文对天文,地理对地理……"

能严格地以本门类以内的字相对的,就称为"工对"(工整的对子),否则,即是"宽对"。但实际上,在我们见到的对联中,即使是名联,完整的工对(即所谓"无一字不工")也不多见。

现代汉语中的词同样也有实词和虚词之分,不过与古代汉语的分类有些不同罢了。现代汉语的实词有名词、动词、形容词、数词、量词、代词,虚词有副词、连词、介词、助词、拟声词、叹词。与古代汉语词性分类的不同之处在于:现代汉语"语法上区分词类的目的是为了指明词的外部结构关系,说明语言的组织规律,分类的基本根据是词的语法功能"。"词的语法功能首先表现在能不能单独充当句子成分上边。能够单独充当句子成分的是实词,不能单独充当句子成分的是虚词。"

如下面一副传统春联：

爆竹一声除旧

桃符万象更新

其中，"爆竹"与"桃符"同为名词，"一"与"万"同为数词，"声"与"象"同为名词（这里作量词），"除"与"更"同为动词，"旧"与"新"同为形容词（这里作名词）。

还要注意以下几点：第一，上下联的词义不能完全相同，否则，叫作"合掌"，是对联一忌。第二，尽管我们要求词性相同，但是，过于要求工整，就会弄到同义词配对（以"异"对"变"，以"将"对"欲"，以"观"对"览"）。同义词用得太多，就显得重复；与同义词配对相反，用反义词配对，内容既充实，又显得很工整。第三，初学写对联常见的毛病是，为了对得工整，一时又找不到合适的词语，便用一些生造词。其实，我们的汉语是很丰富的，表达能力是非常强的，构思好了以后，这个词不行，再换一个就是了，如同义词、近义词等。总之，要自然浑成，毫不牵强生硬才好。

这里所说的只是一般情况，如果是当句自对，尤其是长联的当句自对，又另当别论。

3. 结构相当

王力先生说："骈偶（对仗）的基本要求是句法结构的相互对称：主谓结构对主谓结构，动宾结构对动宾结构，偏正结构对偏正结构，复句对复句。古代虽没有这些语法术语，但事实上是这样做的。"

古代汉语和现代汉语的语法结构，大的方面其实差别不大。

如这么一副新春联：

人和政善千家暖

国富民强四海春

上联"人和政善"与下联"国富民强"都是主谓结构词组,"千家"与"四海"都是偏正结构词组,而"千家暖"与"四海春"又都是主谓结构词组。

这里所说的对联的"结构",除了语法结构以外,还应当包括语音结构。也有人以表现诗歌节奏音组的术语"音步"(也称"顿")来称语音结构。当一副对联上下联相对应的语法结构相当时,语音结构不同,即语音停顿的位置不同,也不行。

请看一副婚联的结尾部分:

……好伴侣

……幸福人

"好伴侣"和"幸福人",虽然其语法结构同为偏正结构,但是其中的语音停顿位置不同,"好伴侣"是在"好"字后面停顿,语音结构为1-2,而"幸福人"则是在"幸福"后面停顿,语音结构为2-1,就明显不妥。

4. 平仄相谐

古人写诗、作文都是非常讲究声律的。可以说,声律是我国文学,尤其是韵文的灵魂所在、精华所在,没有声律,就没有我们如此灿烂辉煌的古代文化。这个传统,从先秦时期的诗歌就已经开始了。

汉语是一种声调语言,现代汉语的普通话有阴平、阳平、上声、去声四个声调。古代汉语有平声、上声、去声、入声四个声调,其中上声、去声、入声属仄声。随着语言的发展变化,声调也发生了变化,尤其是入声字分化后派入了现代汉语的四个声调中,这一点在欣赏古联及部分今人依古声创作的对联时应当注意。

辨别四声是辨别平仄的基础。"平仄"是音韵学的一个术语,

"平"就是平声;上声、去声、入声为仄声,"仄"的字面意思就是不平。

"平仄相谐"的要求有三层意思:首先,一句中(上联或下联)节奏点上的字平仄要交替出现,而节奏点以外的字可相对灵活些。如果是如律诗一样的句子,则可用律诗的要求来对待,即"一三五不论,二四六分明"。其次,上下联相对应的节奏点上的字平仄要相反,如上联第二个字为平声,则下联第二个字应为仄声。再次,上联的最后一个字一般要用仄声,下联的最后一个字一般要用平声,即"仄起平收"。请注意,这里用的是"一般",而不是"一定",就是说在特殊情况下,上下联的最后一个字也可以相反。

还要注意的是:一般情况下,上联不可在句末一连用三个仄声字,下联也不可在句末一连用三个平声字。如果用了,叫作"三仄尾""三平尾",是创作对联的一忌。但是,如果构思非常好,又一时无法找出更合适的词来表达,三平尾也并非绝对禁止。

对联也不宜有不规则重复字。

5. 语意相关

即上下联所写的内容是密切相关的有机整体(个别艺术联如"无情对"除外)。上下联分工明确,又藕断丝连。

如杭州西湖三潭印月一联:

门外湖光十里碧

座中山色四围青

上联讲"湖光",下联说"山色",语意紧密关联,珠联璧合。

所谓对联格律的条条,仅仅是对一般情况而言的。古人写诗作文章,讲究以"意"为主,以"意"为上,讲究"识",讲究"志",而将表达手法放在次要的位置。作文、写诗如此,创作对联也同样。只要构思奇巧,立意高远,可以不必拘泥于格律要求。

好的对联应当具备两点:一是贴切,二是新颖。

所谓贴切,是指对联的内容要切人、切地、切时、切事,就是要有针对性,切实写出该人、该地、该时、该事的特征来,如清代梁章钜所说"如铁铸一般"不可移易。

所谓新颖,是指对联的内容不落俗套,不人云亦云,而是新鲜的、别致的、活泼的,能就人人所见、人人所知的景物、事物、人物,发人所未发,有独创,有个性。宋代吕祖谦《古文关键》说:"笔健而不粗,意深而不晦,句新而不怪,语新而不狂。常中有变,正中有奇。题新则意新,意新则语新。"清代文艺理论家李渔《窥词管见》说:"意新为上,语新次之,字句之新又次之。"

四、对联的鉴赏

对联鉴赏的意义,源于它在特定的时间、特定的地方无可取代的独特价值和独特作用。

对联鉴赏,大致也和其他文学艺术形式的鉴赏一样,应分为内容和形式两项,从这两方面去欣赏。所不同的在于对联往往与书法艺术相结合,所以,对联鉴赏应有对联内容、表达手段和书法艺术(张贴及悬挂联)三个方面。

1. 对联内容

对联的内容应是对联鉴赏的最主要部分。我们从这么几个方面由表及里、由浅入深地去看对联的内容。

第一,先看对联的句子是否顺畅。有人在创作对联时,为了某一个字或几个字对得工整,有时会照顾不到整句话的连贯性,以至使对联的句子出现或晦涩、或牵强等情况。如果是比较长的对联,还必须先断句;如果连断句都解决不了,就会直接影响到对其内容的理解和领会,根本谈不上什么鉴赏了。光是句子通顺还不行,还要考虑其句子之间的层次是否清晰,上联和下联之间是否具有内在的必然联系,有没有次序颠倒、言语矛盾之处。

第二,再看对联要说的内容。

我们常见到的名联,往往都含典故,或人物(如籍贯、经历、官职、业绩等),或地理,或史实,或传说,不可不详察。如果对其中的典故不了解,恐怕就谈不上什么欣赏了。

可以说,对联的内容能读懂,能理解,对联鉴赏也就完成了一大部分。

2. 表达手段

首先得看它是不是对联,即是否符合对联的基本格律。

如灵宝市北函谷关犹龙阁一联:

未许田文轻策马

愿逢老子再骑牛

内容上,简短明快,切地,切人,切事;对仗上,工整,严谨,"未许"和"愿逢"分别是状语加动词,"田文"与"老子"为人名相对,"轻策马"与"再骑牛"都是状语加动宾词组,尤其是"马"与"牛"之对,令人叫绝。声律上,上联的二、四、六字分别为仄、平、仄,下联的二、四、六字分别为平、仄、平,上联结尾是仄,下联结尾是平,上联没有三仄尾,下联也没有三平尾。

3. 书法艺术

对联与书法应该是天然的姐妹关系,它们相辅相成,珠联璧合,浑然一体,相得益彰。所以,欣赏楹联作品时(当然是指张贴、悬挂出来的楹联作品),不可忽视对书法艺术的欣赏。

马萧萧先生在《名联鉴赏词典·序》中说:"好的对联用好的书法写出来,成为珠联璧合的艺术品,观之神采俊驰,读之音律铿锵,产生双重的或多层次的审美效果。这更是中国文字中所独有的了。"

五、对联的应用

对联所能表现的内容很丰富,它的应用也很广泛。形式有书法条幅、牌匾、摩崖、碑刻、书报刊登、手机短信等多种,甚至还有刺绣、编织、打结的对联。但是除春联以外,对联的主要表现形式还是书法条幅以及由此延伸出来的牌匾、摩崖、碑刻等。这里简要介绍一下对联的书法表现形式。

1. 书写

对联的书写,可分为常式、龙门对和琴对。

(1)常式

常式指每边联文一行写完而且上下都写到头的对联。这种对联,皆正文居中,通常上款写在上联联文右边,下款写在下联联文左边。长款也可上款写在上联联文的两边,下款写在下联联文的左边。也可上款写在上联联文的左边,下款写在下联联文的右边。如果联文是篆书、草书或甲骨文,不好认读,可在上联联文的左中部和下联联文的右中部对称地写上释文。

(2)龙门对

龙门对指每边联文在两行乃至两行以上,须写成"门"字形的对联。这种对联,应上联从右向左写,下联从左向右写。上款落在上联联文余下的空白处,下款落在下联联文余下的空白处。上下款文之首字一般对齐书写。

(3)琴对

琴对指联文集中于上部而将款文置于联文之下,其形状像一张琴一样的对联。上款置于上联联文之下,下款置于下联联文之下。联文字少而纸长时,多采用这种书写方式。

不论是常式、龙门对还是琴对,落款时,款文的字都应比联文的字写得小些,首字一般也应比联文的字略低,这样才不会喧宾夺主。

对联的题款有许多习惯性的说法。书写时用这些习惯性的说法,可使作品显得更加典雅。

题款用语:

(1)称谓

对长辈,除一般亲属称呼以外,可称"老""老前辈""老先生""先生""前辈"。对老师,可称"师""尊师""恩师""夫子",或在其后再加"函丈"。

对饱学之士或者专家,可称"方家""大家""法家"。有头衔、职称的,可称"局座""教授"等。

对一般人包括有身份的人,男的可称"先生""阁下",女的可称"女士"。对知识女性可称"女史",也可称"先生"。

对平辈,朋友可称"君""兄""仁兄""贤兄""足下";对同学,可称"同学""同窗""学兄""学长"等;对同乡,可称"乡兄""邑兄""梓兄"等,或前面再加"贤"字。

对学生,可称"弟""贤弟""贤棣""贤契""仁棣""君"等。

长辈如有字号,不可直书其名,而应称其字或号。

(2)标联语

题赠联,意在请人指教的,可写"正之""政之""指正""雅正""教正""赐正""请正""雅教"等;意在请人观览的,可写"清鉴""雅鉴""清玩""雅赏"等;意在表明应命而作的,可写"属(嘱)""属书""雅属"等。

婚联,可写"大喜""燕喜""新婚""花烛之喜"等。女家可写"于归""出阁"。

贺新居,奠基时可写"奠基""奠居",落成时可写"落成""华居落成""大厦落成",迁居时可写"乔迁""乔迁志喜"等。

寿联,男女寿均可写"华诞""寿诞""寿辰""晋寿""初度""×旬华诞""×秩荣庆"等。女寿还可称"帨诞""帨辰"。

春联,一般不写标联语。如果为了突出题赠性质,也可写"春禧""年禧""新禧""春福"等。

称谓和标联语构成对联的上款。如果直接送给某人,只写某人即可,如"××七十华诞"。如果是因某人的关系而写,送给他的长辈、晚辈或别的人,则二者都要称呼到,如"××仁兄令郎(××)结婚志喜"。

(3)署名

凡写标联语的对联和自题联,下款都要署名。在长者面前,名前可加署"愚晚""后学"等自谦性词语。

(4)年月

纪年可用干支、生肖、公元。四季三个月分孟(初)、仲(中)、季(晚、暮),如农历四月可称"孟夏"。农历每月都有别称,不一一列举。

2. 钤印

书写对联,最后要钤印。但是,挽联一般则不钤印。

3. 张贴和悬挂

千百年来,就是右边是上联,左边是下联。左右以人面对门时的左右手为准。它合乎汉字竖行书写,由右至左的习惯。

对联上下联的标志,一般就是看两个联脚的字。是仄声的,即是上联;是平声的,即是下联。